KB194645

진짜를 만들 수가 없어서요

일러두기

- 이 책은 국립국어원 표기 원칙을 따르되, 널리 통용되는 말은 그대로 표기했습니다.
- 인물의 성격과 특징이 드러나도록 입말을 사용한 부분에는 맞춤법에 맞지 않는 말이나 비속어가 포함되어 있습니다.

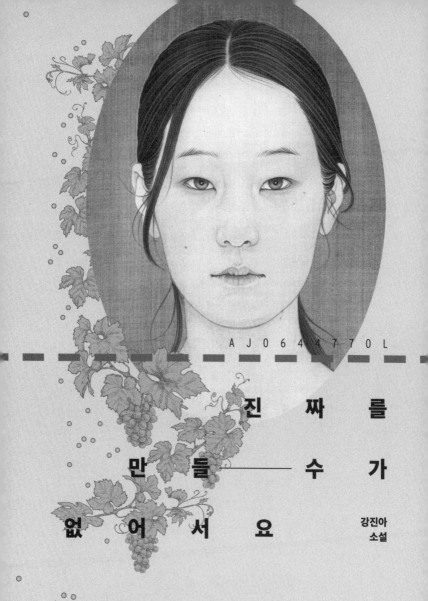

AJ0644770L

진 짜 를

만 들 ──── 수 가

없 어 서 요

강진아
소설

한끼
Han ki.

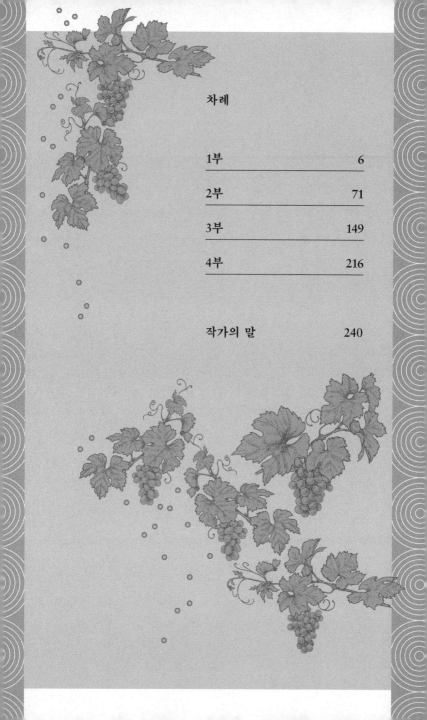

차례

1부

1

오만 원권 속 신사임당을 얼마나 오랫동안 바라보았는지 모르겠다. 작은 눈구멍 속의 동공은 하나의 검은 점이 아니라 작은 점을 중심으로 가느다란 선들이 원형으로 빼곡하게 감싸고 있는 모양이다. 선들이 만들어내는 소용돌이가 점 속으로 들어오라며 끊임없이 손짓하는 것만 같다. 빨려 들어가지 않기 위해 뒷걸음치듯 속눈썹으로 시선을 옮긴다. 아이라인 주변은 특히나 섬세해서 두께감이 느껴질 정도다. 속눈썹 한 올, 한 올 눈길로 쓸어내리다 보면, 어느새 다시 검은 동공이다. 왼쪽 동공과 오른쪽 동공 사이는 일

센티미터 정도 되는데 그 사이를 지날 때는 조심해야 한다. 신사임당의 안광에 얼어붙지 않으려면. 그렇게 왼쪽 동공에서 빠르게 오른쪽 동공으로. 잠깐 맺혀 있다가는 다시 왼쪽 동공으로. 한참 동안 반복하다 보면 자신이 뭘 하려고 했는지 잊게 된다. 차경은 들었던 붓을 캔버스가 아닌 물통에 넣고 휘저어 버린다. 쌀 한 톨보다 작은 눈동자만 바라보느라 오늘도 그림을 완성할 수가 없다.

미술 선생님이 학교 축제에 맞춰 미전을 준비해 보자고 했을 때, 차경은 수시 입시용 포트폴리오를 함께 고려할 수밖에 없었다. 다른 애들은 화실 선생님이 챙겨주는 것 같았지만 자신에게는 도와줄 사람이 없으니까. 지폐 인물화를 시리즈처럼 제작해 두면 그전에 했던 정물화 세밀 작업과 얼추 어울릴 듯했다. 문제는 배경. 캔버스 6호는 1호에 비해 길이는 두 배이지만 면적은 네 배라 그만큼 시간이 더 들었다. 배경은 깔끔하게 단색으로 처리해서 시간을 아끼자, 생각하고 나니 신사임당 얼굴 옆에 박힌 묵포도도가 마음에 걸렸다. 원화는 흑백이지만 오만 원권 속 잎사귀에는 올리브 드랍, 포도알에는 골든로드와 터키색이 섞여 있었다. 차경은 줄곧 원화가 밋밋해 보일 정도로 적절한 선택이라고 생각해 왔다. 하지만 배경에 묵포도도까지 챙겨 넣으면 정말 시간이 부족할 것이다. 포기할 건 포기해야 한다. 세종대왕, 율곡 이이, 퇴계 이황까지 축제일에 맞춰 완성해야 한다. 그러니 어서 바로 앞에 놓인, 허옇게 구멍이 뚫린 신사임당의 눈을 마무리하자. 차경은 미간을 찌푸리며 붓끝에 검은색 물감을 콕 찍었다.

"오, 힙하다."

도희가 차경의 캔버스를 들여다보며 말했다. 차경은 무시하고 붓을 캔버스로 가져오기는 했으나, 기대에 찬 도희의 눈동자가 부담스러워서 신사임당의 눈을 그릴 수가 없었다. 거슬리니까 니 자리로 돌아가라고 말하려는데, 도희가 캔버스로 상체를 숙였다. 그러느라 도희의 머리카락이 쏟아지면서 샴푸 냄새가 코로 훅 들이쳤다. 차경은 냄새를 막아보려고 순

11

간적으로 숨을 참았다.

교복이 어색할 정도로 화려한 이목구비는 왕년에 배우로 잘 나갔다는 아버지 고호범을 쏙 빼닮았다. 몇 달 전에는 가족이 함께 방송에 출연해서 배우가 아닌 대변인의 삶에 관해 이야기했다. 사람들은 정치판에 들어간 고호범보다 도희에게 관심이 많았다. 정확하게는 도희의 외모에. 쉬는 시간이나 점심시간에 주변 남학교 애들이 도희를 보러 왔다가 선생님에게 쫓겨나며 소란을 피웠다. 그런데 얘는 왜 갑자기 친한 척이지? 차경이 아무것도 찍지 못한 붓끝을 물로 씻어내는 동안 캔버스를 빤히 들여다보던 도희가 말했다.

"머리카락 일일이 그린 거야? 기계세요? 장난 없다, 너."

대답을 기대하는 질문이 아닌 것 같아서 차경은 아무 말도 하지 않았다. 도희는 고개를 절레절레 저으며 혼자 말을 이었다.

"이런 게 노력한다고 되겠냐? 택도 없지. 너는 부모
님한테 감사한 줄 알아."

부모님한테 감사하라고? 차경은 헛웃음이 나왔다.
그 모습을 보더니 도희가 눈을 동그랗게 떴다.

"뭐야, 너 웃은 거야? 니가 웃을 줄도 알아?"

차경은 뭔가를 들킨 것처럼 민망해져서 빠르게 표
정을 지웠다.

종례가 끝나고 교실 뒷문으로 아이들이 쏟아져 나
왔다. 차경은 담임 선생을 따라 앞문으로 향했다. 담
임은 따라오는 차경을 흘깃 보고서도 걸음을 멈추지
않았다. 아이들이 지나치며 인사를 하면 그에 맞춰
까딱까딱 고개인사를 할 뿐이었다. 차경이 담임의 뒤
통수에 대고 말했다.

"선생님께서 알아봐 주시면 찾을 수도 있지 않을까
요?"

담임은 걷는 속도를 늦추지 않고 대답했다.

"복지과에서도 못 찾겠다 그랬다며. 내가 무슨 수

로 너희 작은 아버지를 찾니?"

"담임 선생님이니까 도와주실 수도 있잖아요."

"그래서 장학금 받게 해줬잖아."

그렇게 말하며 걸음을 멈춘 담임은 이내 뭔가를 떠올렸는지 차경 쪽으로 휙 몸을 돌리며 말했다.

"나한테 뭐 맡겨놨니? 너는 매번 말투가 왜 그래?"

차경은 반사적으로 시선을 떨어뜨렸다. 죄송하다고 말해야 할 타이밍 같았으나, 그전에 자신의 말투를 점검해 보려고 했다. 무슨 말실수가 있었나? 그런데 갑자기 지난달에 받았던 장학금 얘기는 왜 꺼내는 거지? 생각이 길어지는 사이 담임은 또각또각 멀어지고 있었다. 어디선가, 목소리가 들려왔다.

"그래, 너는 매번 말투가 왜 그래?"

도희였다. 차경의 눈에 힘이 들어갔다. 얘는 아까부터 왜 자꾸 알짱거리는 거지? 대꾸 없이 교실로 들어가는 차경을 도희가 뒤따르며 종알거렸다.

"너 장학금 받아? 그런 건 현찰 박치기라며?"

차경은 무시하며 자리에 앉았다.

14

"얼마나 주는데? 너 급식 카드도 있다며? 갑부겠네, 갑부."

누굴 놀리나, 차경이 쏘아보자 도희가 눈웃음을 흘렸다.

"농담입니다, 농담."

그러면서 갑자기 차경을 향해 얼굴을 들이밀었다. 놀란 차경은 반사적으로 몸을 뒤로 빼냈지만, 도희는 차경의 귀를 찾아내어 입술을 붙인 채 말했다.

"우리 집에 같이 갈래?"

*

거실로 들어서며 도희가 큰 소리로 다녀왔습니다, 하고 외쳤다. 별다른 인기척이 없었다. 차경이 작게 안녕하세요, 따라 붙이는데 도희가 차경을 돌아보며 말했다.

"엄마 또 자나 부다. 잠만."

도희가 안방으로 들어가자, 거실에는 덩그러니 차

경만 남았다. 습관처럼 고개를 숙이고 눈만 치켜떠 집 안을 한 바퀴 둘러보았다. 누구에게 말한 적은 없지만, 인터넷에서 도희를 몇 번 검색해 본 적이 있었다. 자주는 아니고 딱 몇 번. 이 집 역시 인터넷에서 이미 본 터라, 구조는 대강 파악하고 있었다. 엄청 으리으리할 줄 알았는데 사진빨이었구나. 별거 없네, 생각하는데 안 방 문이 열렸다.

"엄마 없어, 이 방이야!"

도희는 차경에게 손짓하며 안방 옆문으로 들어가 버렸다. 뒤따라 들어간 방은 서재였다. 차경의 눈에 바로 들어온 것은 화려한 모양의 금고였다. 다이얼 옆에 박힌, 이빨을 드러낸 호랑이 얼굴 조각이 인상적이었다. 그 옆의 거대한 책장에는 관상용으로 보이는 책이 세트별로 꽂혀 있었다. 도희가 두 손 모아 가리킨 곳에는 아직 스티커도 뜯지 않은 컬러 프린터가 번쩍번쩍했다.

잠시 후, 프린터가 지잉 소리를 내며 오만 원권을 뱉어냈다. 도희는 인쇄된 종이를 가위로 살살 오리고는 차경 앞에 진짜 오만 원권과 나란히 올려놓았다. 인쇄된 오만 원권은 신사임당의 묘한 안광까지 담지는 못했지만 해상도가 높은지 얼추 비슷해 보였다. 차경이 이걸로 뭘 어쩌겠다는 거냐고 묻자 도희는 대답 대신 빤히 바라보기만 했다. 차경은 부담스러워서 시선을 내렸다. 엉망으로 잘린 테두리가 눈에 들어왔다. 이걸 하나 제대로 못 자르나 싶다. 그때, 갑자기 도희가 의자를 뒤로 빼더니 바닥에 무릎을 꿇었다. 차경이 어리둥절할 틈도 없이 도희가 입을 열었다.

"나 좀 살려줘, 제발. 우리 아빠가 나 죽일 거야."

목소리의 톤, 손을 비벼대는 속도, 얼굴 근육의 움직임. 모든 것이 놀라울 정도로 아름다웠다. 차경 앞에 채점판이 있다면 만점을 들고 싶을 정도였다. 종이 한 장도 똑바로 못 자르는 애가 이 복잡한 동작을 완벽하게 해내다니. 차경은 애써 퉁명스럽게 목소리를 냈다.

"뭔 소리야?"

도희가 털어놓은 사연은 이러했다. 용돈 쏨쏨이가

17

헤퍼 주의를 받았음에도 과외비 오십만 원을 가방 사
는 데 써버렸다. 거짓말이 탄로 나기 전에 돈을 마련
해야 하는데 손끝이 정교한 차경이 도와주면 일도 아
닐 거란다. 스무 장만 만들어도 백만 원, 오십만 원씩
나눌 수 있다고. 차경은 가방이 오십만 원이나 한다
는 사실부터 믿을 수 없었으므로 도희의 말을 흘려버
리려고 했지만, 들을수록 이상하게 가슴이 뛰었다.

"그거 위조야. 범죄라고."

따끔하게 말하면서도 이미 목소리가 떨리고 있었
다. 돈이 간절한 것은 차경도 마찬가지였으니까. 오
십만 원이면 당장 급한 실기 재료를 사고도 남는다.
바바라 붓은 꼭 사야지. 사쿠라 물감도 색깔별로. 그
래도 남잖아? 그럼, 사탐 인강 등록도 하고 문제집도
사야지. 맞다, 쌀도 생리대도 휴지도. 순식간에 머릿
속에서 제 몫의 돈을 살뜰히 쓰고 있는 차경의 팔을
도희가 떼쓰듯 흔들었다. 차경의 얼굴이 이리저리로
흔들렸다.

집으로 돌아와 할머니의 밥을 차린 후, 차경은 책상 앞에 앉아서 '위조지폐'를 검색해 봤다. 세계 각지에서 벌어진 위폐 사례와 수법이 끝도 없이 쏟아졌다. 연도와 인물 등 분류 방식도 다양해서 스타 강사의 비법 노트를 보는 것만 같았다. 종이의 질감이 중요하다거나, 잉크 종류에 신경 쓰라는 팁은 따로 폴더에 저장했다. 특히나 한국은행에서 공시한 위조 방지장치 설명은 훌륭한 교과서가 되어주었다. 띠형 홀로그램, 입체형 부분노출 은선, 가로확대형 기번호 등을 챙겨 넣을 수만 있다면 원본이 된다는 소리였으니까. 문제는 언제나처럼 돈. 제대로 만들려면 돈을 만드는 데도 돈이 들었다. 돈을 얼마나 들여서 오만 원권을 만들어내느냐가 관건인 듯했다.

다음 날, 방과 후 분식집에 앉아 차경은 정리한 내용을 도희에게 보여주었다. 도희는 미쳤다, 쩐다를 연발하며 자료를 확인했다. 그중 엑셀 표는 차경이 직접 손가락으로 숫자를 가리키며 설명했다. 이 재료비는 나중에 합계 금액에서 반을 나눠 부담하면 될 거라고. 컬러 프린터비와 기본 재료비는 도희 집에 있는 것들을 써도 될 것 같아서 계산에서 뺐다. 그걸 뭐라 그럴까 봐 긴장하고 있는데 도희는 그래그래, 하며 대충 넘기더니 위조 방지 문서에 나오는 문구를 과장된 목소리로 읽었다.

"위조를 막는 세 가지 습관. 빛에 비춰보고, 기울여보고, 만져본다. 어때요, 쉽죠?"

차경은 손을 뻗어 도희의 입을 막았다. 분식집 안이 시끄러워서 다른 애들은 못 들었을 테지만 그래도 차경은 조심하고 싶었다. 순간, 이상한 감촉이 손바닥에 전해져서 재빨리 떼어내고 보니 도희가 혓바닥을 쑥 내민 채로 웃고 있었다. 촉감의 원인을 알아차린 차경은 곧장 손바닥을 교복 치마에 닦아냈다. 민망해진 손으로 순대를 집으려다가, 동작을 멈추었다. 주머니에는 천 원밖에 없었고 순대는 도희가 시켰다.

"너 민증 만들었어?"

민증? 그건 왜 묻지? 차경이 고개를 끄덕이자 도희

가 말을 이었다.

"나는 담주에 만들러 가는데, 같이 가주라."

민중을 만드는데 왜 함께 가야 하는지 이해가 되지 않았으나, 딱히 거절할 이유가 떠오르지 않아서 차경은 다시 고개를 끄덕였다. 그 모습을 보고 환하게 웃던 도희가 갑자기 목구멍에 뭐가 걸렸는지 큼큼, 소리를 냈다. 그러고는 평소와 다른 진지한 얼굴로 파우치를 열더니 딱풀 같은 걸 꺼내 마구 흔들어댔다. 뭘 하려는 건가, 싶어서 차경은 물끄러미 쳐다보기만 했다. 도희는 이내 흡! 하는 짧은 호흡과 함께 딱풀 끝을 물면서 숨을 들이켰다. 차경이 조심스럽게 물었다.

"너 아파?"

도희는 두 손으로 X자 모양을 만들며 말할 수 없다는 사인을 보냈다. 다른 테이블 애들도 도희의 행동이 신기한지 흘깃거리는 게 느껴졌다. 도희가 어디가 아픈지는 모르겠지만, 덩달아 관심을 받는 기분이 괜찮아서 차경은 허리를 꼿꼿이 세웠다.

"흉하게, 미안."

코로 길게 숨을 내뱉고는 도희가 말을 이었다.

"천식이 올라와서."

차경은 눈썹을 쓱 올리며 고개를 끄덕였다. 애는 어쩜 천식까지 있을까. 천식은 순정 만화 주인공들이나 걸리는 병인 줄 알았는데, 진짜 앓는 사람이 있구나. 갑자기 어디선가 앙칼진 목소리가 들려왔다.

"뭐니 뭐니, 웬일이니!"

옆 학교 교복을 입은 여자애가 다짜고짜 차경 옆에 앉으며 도희에게 아는 체를 했다. 명찰에는 「김혜미」라고 박혀 있었다. 혜미라는 애는 도희가 너무너무 반가운지 바뀐 폰 번호가 뭐냐, 학원은 어디로 옮겼냐, 엄마는 잘 계시냐, 대답할 틈도 주지 않고 질문을 퍼부었다. 내뱉는 말의 속도가 빠르고 호흡이 짧아서 숨을 쉬기는 하는 건가, 신기할 정도였다. 갑자기 혜미가 핸드폰을 쥔 팔을 들어 올려서 차경은 반사적으로 상체를 옆으로 기울였다. 혜미는 각도를 틀어 도희를 배경으로 찰칵찰칵 셀카를 찍고는 화면을 보여주며 말했다.

"나 이거 돈 주고 산 거다? 필터 먹은 거 보여? 피부 개쩔지?"

"가라."

도희에게서 처음 듣는 음색이었다. 얘도 낮은 목소리를 낼 수 있구나. 혜미는 아랑곳하지 않고 손을 뻗어 다시 셀카를 찍기 시작했다. 말이 통할 것 같지 않았다. 도희는 혜미를 쏘아보며 가방을 들고 일어섰다. 차경도 얼렁뚱땅 짐을 챙겼다. 따라 나오며 돌아보니, 핸드폰에 얼굴을 박은 혜미는 도희가 손도 대지 않은 순대를 집어서 입에 넣고 있었다.

2

    서재 바닥에는 복잡한 문양의 카펫이 깔려 있었다. 그 위로 다양한 재질의 종이에 프린트된 오만 원권이 널브러져 더욱 어지러워 보였다. 차경은 책상 앞에 앉아 넓은 붓으로 홀로그램 바탕을 칠하고 있었다. 그 옆에서 도희가 은선 작업을 위해 구입한 펄 매니큐어를 자기 손톱에 발라보며 종알거렸다.

    "우리 엄마는 애정 결핍인 거 같아."

    차경이 고개를 들어 질문이 담긴 눈으로 바라보자, 도희가 말을 이었다.

    "밥이랑 청소는 아줌마가 다 해줘, 아빠가 돈 갖다

쥐. 지가 하는 게 뭔데 맨날 피곤하대."

"피곤하시대?"

"약 먹으면 그렇대."

"아프셔?"

"마음이 아프대요, 마음이. 자살한다고 난리 쳐서
울 아빠가 고생 좀 했지. 다 쇼야, 쇼."

도희는 후후 손톱을 불고는 다시 입을 열었다.

"난 있지, 자살을 하잖아? 그럼 그걸로 끝이야. 구
리게 쇼는 안 해."

"어떻게 죽을 건데?"

"쉽지, 난. 지병이 있으니까. 천식 올라올 때 흡입기
를 안 쓰면 돼."

차경이 숨을 참고 홀로그램을 채워 넣는 동안 도희
혼자 이어 말했다.

"내가 오 분 정도 버텨본 적이 있거든? 오줌을 질
질 쌌잖아. 그니까 십 분이면 무조건 죽어. 넌 어쩔 건
데?"

"나도 생각해 둔 게 있긴 한데."

차경은 잠시 뜸을 들이다가 천천히 입을 열었다.

"백합으로 방을 채울라고."

"그래서?"

"그러고 자면 독이 퍼진다며. 그렇게 죽을라고."

"혹시, 진심?"

차경이 고개를 끄덕이자 정적이 흘렀다. 몇 초 후, 갑자기 도희가 발작하듯 웃음을 터뜨렸다.

"소녀세요? 그렇게는 절대 못 죽어. 너 진짜 웃긴다."

그러고는 눈물까지 비치며 한참을 웃었다. 도희는 차경에게 웃긴다는 말을 자주 했다. 그전까지 차경은 한 번도 자신이 웃긴다고 생각해 본 적이 없었다. 웃음을 기준으로 자신뿐만이 아니라 타인을 평가해 본 적도 없었다. 하지만 반복해서 도희에게 웃긴다는 말을 듣고 보니, 자신에게 다른 사람을 웃게 만드는 면이 있을지도 모르겠다는 생각이 들었다. 그리고 그 생각은 어쩐지 기분이 좋아지게 만드는 구석이 있어서 혼자 있을 때 자주 떠올리곤 했다. 내가 좀 웃긴가? 하지만 지금은 좀 과한데? 도희는 목구멍이 보일 정도로 크게 웃고 있었다. 백합으로 죽겠다는 게 저렇게 웃을 일인가? 그런데 진짜 백합으로는 죽을 수가 없는 건가? 죽을 때만큼은 화려하고 싶었는데….
그럼 다른 방법을 찾아봐야겠다.

차경은 숨을 한 번 내쉰 후에 작업 중이던 오만 원권으로 돌아갔다. 미리 그려둔 태극 문양에 스펀지로 잉크를 묻혀 인쇄된 오만 원권에 찍었다. 살살 묻히듯이 찍어내고는 들어서 빛에 비춰 보았다. 도희가 후다닥 달려와서 드디어 완성이냐며 호들갑을 떨었다. 차경은 잠시만 기다리라고 말하고는 이쑤시개에 니스를 묻혀 돌출 무늬를 찍었다. 차경이 참았던 숨을 내쉬며 자세를 풀자, 도희가 미친 미친을 외치며 원본과 이리저리 맞춰보았다. 차경의 눈에는 아직 할 일이 많아 보였다.

"숨은 은선도 넣어야 돼. 빛에 비추면 바로 뽀록나."

"와, 태극무늬도 넣은 거야? 너 진짜 장난 없다."

오만 원권을 들여다보며 감탄사를 내뱉던 도희가 갑자기 차경의 오른손을 들더니 눈을 크게 떴다. 차경의 오른손 엄지손가락과 집게손가락 사이에는 도톰하고 큰 점이 있었다. 손에 있는 혈 자리 중 가장 유명하다는 합곡 혈이 있는 자리. 차경이 아프다고 하면 할머니는 항상 합곡 혈을 몇 번 눌러주고는 다 나았다, 라고 말하곤 했다. 그래서 점이 생긴 걸까? 할머니가 자주 눌러줘서?

도희가 자신의 엄지손톱과 손가락의 첫 번째 마디 사이에 있는 점을 차경의 눈앞에 들이밀었다. 크기와 색이 차경의 합곡 혈에 있는 점과 비슷했다. 도희가 자신의 점을 차경의 점 위에 포개듯 올리며 말했다.

"합체."

곧바로 떼어냈지만, 차경의 점에는 선명한 감각이 남았다. 마치 도희의 점이 바늘이라도 되는 양, 콕 찔리는 느낌이 계속되어서 그 언저리를 교복 치마에 쓸어 내렸다. 순간, 밖에서 현관 비밀번호를 누르는 소리가 들려왔다. 도희는 이제까지 볼 수 없었던 빠른 손놀림으로 책상 위를 정리하기 시작했다. 파지며 자잘한 도구들을 쓰레기통에 쓸어 담은 후에 금고를 열어 차경에게 만들던 오만 원권을 넣으라고 했다. 시키는 대로 넣었더니 도희는 아날로그 다이얼을 신중하게 돌렸다. 문 바로 앞에서 남자 목소리가 들렸다.

"도희냐? 엄마는?"

"몰라. 아빠, 나 친구랑 있어."

도희는 차경을 떠밀며 시간을 벌라고 수신호를 보냈다.

거실로 나온 차경을 보자, 고호범은 허둥거리며 벗었던 골프복 상의를 다시 껴입었다. 훤히 드러난 배가 신경 써서 관리한 듯 탄탄했다. 차경은 시선을 돌리며 인사했다.

"안녕하세요. 도희 친구 성차경입니다."

"아, 어, 그래."

겨우 옷을 제대로 입은 고호범이 주방 쪽으로 가며 물었다.

"늦었는데, 부모님께 연락은 드렸니?"

"병으로 돌아가셨어요. 두 분 다."

맥주를 따르며 거실 쪽으로 나오던 고호범이 멈춰 섰다. 캔에서는 거품이 흘러내리고 있었다. 배우라 그런지 감정 표현이 바로 나오네, 작게 감탄하며 차경이 말을 이었다.

"전 괜찮습니다. 거기, 흘러요."

아차차. 고호범이 혀를 날름거리며 거품을 핥는데 마침 도희가 나왔다.

"우리 숙제 남았는데, 서재 쓸 거야?"

"아니, 한숨 자려고. 반가웠다."

고호범이 자리를 피하자, 도희는 차경을 향해 활짝 웃었다.

*

늦은 밤인데도 학원가는 빼곡한 간판이 번쩍여 눈이 부셨다. 차경은 전화 통화를 하며 연신 두리번거렸다. 핸드폰 속 목소리를 따라 오른쪽으로 도니 멀리서 팔을 크게 휘휘 젓는 도희가 보였다. 도희의 손가락 점과 합체했던 합곡 혈 점에서 저릿한 감각이 전해졌다. 그날 이후로 도희를 볼 때면 항상 그랬다. 합곡 혈 점에 갑자기 생명이 깃들어 존재감을 드러내기 시작한 것 같았다. 그저께는 수업 중에 점에서 찌릿한 감각이 느껴져 주변을 둘러보다가 도희와 눈이 마주쳤다. 도희는 순식간에 굳어 있던 표정을 풀며 차경에게 윙크를 날려주었다. 새롭게 생겨난 능력의 쓸모를 알 수는 없었지만, 도희와 연결됐다는 것만은 분명하게 알 수 있었다. 누군가와 친해지면 이런 감각을 느끼는 걸까? 다른 사람들도 그럴까? 차경은 그 전까지 친구가 있어 본 적이 없었기에 이러한 감각이 자연스러운 건지, 부자연스러운 건지 판단할 수가 없었다. 가까이 다가가서 보니 도희의 얼굴에 화장이 짙었다. 그 옆에는 분식집에서 만났던 혜미가 역시나 짙은 화장을 한 채 서 있었다.

   며칠 전, 현관에서 배웅하던 도희는 완성된 오만 원권을 테스트해 보자고 했다. 그러시던지, 관심 없다는 듯 대답했지만 차경도 알고 싶었다. 내가 만든

31

가짜 돈에 사람들이 속을까? 그리고 저기, 자신이 왜 불려 왔는지 모르는 공범이 서 있었다. 혜미는 초등학생 때부터 도희를 괴롭혀 왔다고 했다.

"걔가 나한테 한 짓, 넌 상상도 못 할 거야. 잠든 사진 이상한 사이트에 올리고 남자 화장실에 섹스 환영이 지랄로 내 번호 적어두고. 지가 다 해놓고 쪼르르 와서는 어떡해, 도희야, 어떡해 어떡해. 절대 용서 못 해, 씨발 년."

도희는 씨에 강세를 넣는구나. 그렇다면 사랑받고 자란 쪽이다. 그 욕을 내뱉을 때 앞 음절에 강세를 두는지, 뒤 음절에 강세를 두는지에 따라 사람을 나누는 차경만의 분류법에 따르면 말이다. 차경이 이런 분류법을 갖게 된 까닭은 할머니가 시팔을 입에 달고 살아서일지도 모르겠다. 할머니처럼 뒤 음절에 강세를 둬서 시팔이라고 발음하는 쪽은 사랑을 못 받은 쪽이다. 그러니까 어떻게 발음하느냐에 따라 사랑을 받거나 못 받은 게 티가 난다는 건데, 차경이 관찰한 바로는 하나의 그룹이 더 있었다. 두 음절에 다 강세를 두는 씨팔. 그쪽이 가장 불쌍한데, 사랑 자체가 뭔지 모를 가능성이 크기 때문이다. 그 반대, 두 음절에다 강세가 없는 시발은 아직 들어보지 못했다. 강세가 없이는 욕의 기능을 수행하지 못하기 때문일까? 듣지 못했기 때문에 사랑받고 자랐는지 어쨌는지 검증해 보지도 못했다. 차경은 이제껏 수많은 사람을 그런 식으로 분류해 왔다. 그랬기에 단 한 번도 그 욕을 제 입에 올리지는 않았다. 누구에게도 간파당하고 싶지 않았으니까.

도희는 연극배우처럼 허공을 향해 혜미 욕을 하다가 갑자기 차경을 돌아보았다.

"걔 시키자, 우리."

'걔'가 재구나, 생각하며 차경이 다가가니 도희가 혜미를 가볍게 밀치며 그만하라고 했다. 혜미가 웃으며 차경에게 물었다.

"야, 너 고도희 중학생 때 별명이 왜 대머리였는 줄 알아?"

"닥치라고."

혜미는 계속 말했다.

"미친년이 자던 애 머리에 불을 질러서 대머리로 만들었거든. 너 그때 뭐만 하면 불 질러서 너네 엄마랑 아빠 맨날 학교 왔잖아. 빽이 좋긴 좋나 봐. 그 지랄을 해도 대미지가 없어."

도희는 차경에게 눈을 찡긋해 보이고는 혜미 손에 가짜 오만 원권을 쥐여주었다.

"알았으니까 우리 혜미 마실 거나 사 오자."

"네에, 알겠습니다."

큰 소리로 대답하며 혜미가 핸드폰을 꺼내 들었다. 그러고는 찰칵찰칵 도희와 차경을 배경으로 셀카를 찍기 시작했다. 지난번 도희와 찍은 사진을 올린 이후로 팔로워가 열 명이나 늘었다면서 프레임 안으로 제대로 들어오라고 지시했다. 몸을 빼버린 차경과 달리 도희는 혜미 옆에 얼굴을 붙이며 손으로 브이를 만들었다. 만족스러운 셀카를 얻은 후에야, 혜미는 통창이 환한 편의점으로 달려갔다. 그제야 속삭이듯 도희가 말했다.

"쟤 입만 열면 구라니까 신경 쓰지 마. 알았지?"

차경은 어떠한 반응도 해줄 수가 없었다. 혜미와 함께 있을 때의 도희는 단둘이 있을 때와는 전혀 다르게 느껴지기 때문이었다. 어느 쪽이 진짜일까, 생각하며 차경은 눈으로 혜미를 좇았다. 편의점 유리문을 밀고 들어간 혜미는 냉장고에서 음료를 꺼내고서 카운터로 갔다. 가짜 오만 원권이 혜미의 손에서 벗어나 알바생에게 전해질 때, 도희가 차경의 손을 잡았다. 맞잡은 손바닥이 서로의 땀으로 축축했다. 오만 원권은 포스기로 들어갔고, 곧이어 다른 지폐들이 나와서 혜미의 손으로 이동했다. 눈앞에서 가짜가 진짜로 바뀌고 있었다. 장난처럼 만든 종이 쪼가리가 돈이 되는 순간이었다.

잠시 후, 자신이 뭘 해냈는지도 모르는 혜미가 둘에게 다가왔다. 혜미는 음료수와 잔돈을 도희에게 건넸다. 이어달리기하듯 도희가 건네주는 잔돈을 차경은 저도 모르게 두 손으로 고이 받았다. 만 원짜리가 세 장, 천 원짜리가 일곱 장, 백 원짜리가 다섯 개였다. 삼만 칠천오백 원. 가로등 빛에 비춰보고 기울여보고 만져봤다. 완벽했다.

*

학교는 축제로 떠들썩했다. 차경은 메이드복을 입은 채 미술반 바닥을 기어다니며 제 명찰을 찾고 있었다. 명찰도 없이 부스를 본다고 선배에게 혼이 났던 터라, 어서 찾아서 돌아가야 하는데 어디에 흘렸는지 좀처럼 보이지가 않았다. 도희는 책상에 걸터앉아 핸드폰을 보고 있었다.

"딱 스무 장씩만, 응?"

도희의 목소리를 듣고도 차경은 못 들은 척하며 교탁 아래를 자로 쓸어냈다. 과자 봉지, 샤프, 종이 조각 등 쓰레기만 수두룩했다. 진짜 진짜 이번이 마지막이라며 도희는 몸을 배배 꼬았으나 차경은 대답 대신 쓰레기를 다시 밀어넣었다. 띠링띠링 벨소리에 핸드폰을 들여다보던 도희가 차경에게 쏘아붙였다.

"너 내 말 들었어? 어?"

"우리 벌써 백만 원씩이나 썼어."

"그니까. 다 썼으니까 또 만들자고."

도희는 씩씩거리며 교탁으로 와서 차경 앞에 핸드폰을 들이밀었다.

"요즘, 내가, 이렇게, 피곤하다고."

가발까지 쓰고 다양한 포즈로 찰싹 달라붙은 도희와 혜미의 사진이 끝도 없었다. 혜미의 인스타에 도희의 사진이 얼마나 자주 올라오는지는 차경도 잘 알고 있었다. 그 덕에 백 명대였던 혜미의 팔로워 수가 이제 천 명을 넘어가는 것도, 그것보다 훨씬 큰 숫자가 도희의 사진 아래에 '좋아요'로 붙는다는 것도, 도희 옆에 자신의 얼굴이 찍힌 사진이 다섯 장이나 된다는 것까지도. 혜미가 오만 원권을 바꿨던 그날 밤, 차경은 부계정을 파서 혜미와 도희뿐만이 아니라 주변 친구들까지 모두 팔로우해 뒀다. 도희의 소개만으로 이 일에 끌어들이기엔, 혜미라는 존재가 아무래도 불안했기 때문이다. 혜미는 위조에 대해 아무것도 모르고 있을 테지만, 혹시 모를 일이다. 할 수 있는 대비는 모두 해두는 것. 차경에게는 무엇보다 그게 중요했다.

그만해도 될 것 같은데 도희의 투정은 계속되었다. 혜미가 자신을 따라 해서 소름 끼친다는 얘기까지 나오자 차경이 한 소리 했다.

"놀지 마. 그러면."

내뱉으며 아차, 싶었다. 이런 무심한 대답을 도희는 그냥 넘기지 않을 것이다.

"어머, 애 좀 봐. 누군 좋아서 이래? 너 진짜 웃긴다."

차경은 도희가 내뱉은 웃긴다는 말을 속으로 곱씹었다. 이건 진짜 웃겨서 하는 소리가 아니다. 차경도 그 정도는 알았다.

"사과해, 너. 나 완전 상처 받았어."

평소 뭐든 대충인 도희가, 이럴 때는 철저했다. 자신이 감정적으로 피해를 입었다는 생각이 들면 반드시 상대에게 사과를 요구했다. 차경은 물리적이거나 금전적인 피해만 아니면 피해라고 생각하지 않으며 살아왔기에 이러한 도희의 요구가 매번 놀라웠다. 아니지, 놀라고 있을 때가 아니다. 이제 도희는 눈물을 보일 것이다. 그러니 울기 전에 무슨 이유든 갖다 붙여서 사과를 해야 한다. 그런데 대체 뭘? 차경이 머릿속으로 단어를 고르는데, 드르륵 뒷문이 열렸다. 선배가 짜증 난다는 표정으로 너희 여기 있으면 어떡하냐고 따져댔다. 도희는 얼굴 근육을 빠르게 펼치며 죄송해요, 선배님, 살갑게 말하고는 선배를 뒤따랐다. 차경은 지저분해진 치마를 털며 책상에 걸터 앉았다. 손에 쥔 투명한 자가 햇빛을 받아 반짝거렸다.

　백만 원을 다 쓰는 데는 한 달이 채 걸리지 않았다. 돈이라는 것은 놀랍게도 쓰면 쓸수록 더 필요해졌다. 도희는 계속해서 혜미를 이용해 돈을 바꾸었지만, 차경은 자신의 몫을 스스로 현금화했다. 혹시 모를 상황에 대비해 늦은 밤, 편의점이나 택시를 이용했다. 처음에는 쿵쾅거리는 심장 소리에 놀라서 몇 번이나 포기하고 도망쳤지만, 이제는 가짜 오만 원권을 건네며 날씨 이야기를 나눌 정도로 대범해졌다. 물론 마음이 편치는 않았다. 그날 이후로 할머니 눈을 마주하지 못했다.

창밖으로 동아리 부스에 선 도희가 보였다. 남학생들이 우르르 모여들어 도희를 감쌌다. 멀리서도 단연 눈에 띄었다. 갑자기 도희가 이쪽으로 팔을 크게 휘저었다. 빨리 나오라는 뜻임을 알고 있었지만 차경은 움직이지 않았다.

3

진열대에는 바바라 붓이 호수별로 빼곡했다. 차경
은 2호를 꺼내 들었다. 모 몇 가닥을 엮어놓고서 오천
이백 원이나 받아먹다니, 참 양심도 없다. 차경은 원
래 쓰던 신한 붓은 거들떠보지도 않고 바바라 붓을
몇 개 더 담았다. 바구니를 들고 계산대로 갔더니 혜
미와 셀카를 찍던 도희가 이게 다냐고 물었다. 차경
이 그렇다고 대꾸하려는데, 찰칵. 혜미가 화각에 차
경까지 넣어서 셀카를 찍었다. 순간적으로 불쾌감이
치솟았다.

"찍지 마."

"뭐래? 너 안 찍거든?"

그러면서 찰칵찰칵 놀리듯이 차경을 찍어댔다. 혜
미의 핸드폰에 자신의 얼굴이 담기는 것을 차경은 똑
똑히 지켜보았다. 당장 지우라고 윽박지르면 들을
까? 차라리 뺏어서 내가 지워버릴까? 차경이 가능성
을 저울질하는 동안 분위기를 감지한 도희가 콧소리
를 내며 끼어들었다.

"나 찍어줘, 나."

"돌았나 봐. 어쩌냐, 쟤?"

혜미는 도희와 얼굴을 붙여 셀카를 찍으면서도 비
아냥을 멈추지 않았다. 이쪽을 봐라, 하트를 만들자,
도희가 계속 비위를 맞추자 그제야 혜미가 표정을 풀
었다. 차경은 둘을 쏘아보며 화방을 나와버렸다.

몇 걸음 멀어져서 돌아서니 화방 통창 너머로 카
운터가 훤히 보였다. 화방 주인이 계산대에 서서 바
코드를 찍기 시작했다. 도희는 혜미에게 오만 원권을
쥐여주며 밖으로 나와 주변을 두리번거렸다. 이내 차

경을 발견하고는 활짝 웃으며 달려왔다. 도희가 가까워지자 차경이 입을 열었다.

"쟤는 매번 왜 저래?"

"알바비라고 생각해. 현금 바꿔 주잖아."

너나 그렇지 나는 내가 바꾸잖아, 재료 정도는 진짜 돈으로 살 줄 알았지. 목구멍까지 솟아오르는 말을 누르며 걷다 보니 화방과 제법 멀어졌다. 차경은 이쯤이면 됐다 싶어 돌아섰다. 대로 건너 화방에서 계산을 마친 혜미가 나오는 게 보였다.

"전혀 몰라?"

"팔로워 느는 게 너무 신나서 지가 내는 게 수푼지, 뭔지 관심도 없어, 쟤."

도희가 말하며 혜미를 향해 손을 흔드는데, 그 뒤로 화방 주인이 뛰어나왔다.

"학생, 돈이 이상해!"

순간, 차경의 머릿속에 뭔가가 떠올랐다. 뒤늦게 기억난 정답처럼, 타이밍이 어긋나 안타까운 깨달음이었다. 펄 매니큐어가 떨어져서 띠형 홀로그램과 노

줄 은선을 넣는 마무리 작업을 하지 못했다. 89호 실버샴페인을 바로 사뒀어야 했다. 서른 개가 넘는 펄 매니큐어를 하나하나 발라보고서야 찾아낸 바로 그 89호 실버샴페인을 다시 샀어야 했다. 아니면 금고에 넣을 때 작업이 끝나지 않았다는 그 말이라도 했어야 했다. 후회가 걷잡을 수 없이 불어나 경보를 울렸다. 시끄러운 사이렌이 돌아가고 저도 모르는 사이 두 다리가 움직이기 시작했다. 도희의 손을 단단히 잡은 채로. 어디로 가야 하는지는 모르겠지만, 여기서 벗어나야 한다는 것만은 분명했다. 도망치는 둘을 혜미의 날카로운 목소리가 추격했다.

"야, 같이 가!"

도희가 혜미를 돌아보느라 속도를 늦추었다. 도희의 무게에 손목이 끊어질 듯해서 차경은 손을 놓고 달리기 시작했다. 혼자서라도 도망쳐야 한다. 멈추면 안 돼. 잡히면 다 돼지는 거야. 머릿속에서 할머니가 쇳소리를 섞어 외치고 있었다.

뭐지? 이상한 한기를 느낀 것은 클랙슨 소리가 들

리기 직전이었다. 얼굴에는 분명 땀이 흘러내리는데 팔에는 닭살이 돋고 있었다. 거대한 클랙슨 소리에 비명 같은 마찰음이 섞였다. 이내 정체 모를 둔탁한 소리가 뒤따랐다. 그 여파로 딛고 선 도로가 분명하게 흔들렸고 차경은 달리던 속도를 주체하지 못하고 앞으로 고꾸라졌다. 엎드린 채 돌아보니, 화방 앞 차도에 택시가 바퀴 하나를 인도에 올린 기묘한 모양으로 멈춰 있었다. 그새 행인들이 모여 섰고 그 틈으로 도희가 들어가는 게 보였다. 조금 떨어진 곳에는 화방 주인이 넋 나간 얼굴로 주저앉아 있었다. 바로 앞 바닥에 뒹굴고 있는 오만 원권이 차경의 눈에 들어왔다. 넘어지면서 무릎이 깨져 피가 흐르는데도 차경은 벌떡 일어섰다. 곧바로 방향을 바꾸어 내달리기 시작했다. 달리는 리듬 때문에 몸을 이리저리 흔들면서도 시선은 오만 원권에서 떼지 않았다. 화방 주인의 눈을 피해 오만 원권을 줍고 급히 살폈다. 띠형 홀로그램이 빛을 받았는데도 반짝이지 않았다. 맞다. 우리의 오만 원권이 맞다. 사람들 사이로 도희의 목소리가 흘러나왔다.

"야, 김혜미. 혜미야아."

차경은 주운 오만 원권을 교복 주머니에 찔러 넣으며 그쪽으로 다가갔다. 사람들 틈으로 울고 있는 도희가 보였다. 눈물이 흘러내리는 도희의 양 볼은 펄 매니큐어를 끼얹은 것처럼 반짝반짝 빛나고 있었다. 차경이 고개를 조금 더 들이밀자, 목이 꺾인 채 바닥에 누운 혜미의 얼굴이 드러났다. 그리고 그 앞에 떨어진 핸드폰. 혜미의 핸드폰을 주우려고 차경은 몸을 숙였다. 아니, 숙이려고 했지만 섬뜩한 소리가 귀를 찔러서 동작을 멈추었다. 찰칵. 청각을 자극한 소리가 무엇인지 파악하기도 전에 차경은 얼어붙었다. 코와 입이 막혀 숨을 쉴 수가 없었다. 움직일 수 있는 건 동공뿐이었다. 차경은 간신히 눈알을 굴려 사진을 찍어대는 사람들을 훑었다. 누가 신고했어요? 저쪽 분이 하셨대요. 찰칵찰칵. 어쩜 좋아.

"어이, 거기 학생들."

화방 주인의 목소리 덕분에 숨이 터졌다. 다시 피가

돌면서 얼굴에 저릿한 감각이 퍼졌다. 그제야 차경은 몸을 숙여서 핸드폰을 줍고 도희를 잡아끌었다. 그러는 동안에도 찰칵찰칵 셔터음은 멈추지 않았다.

*

불을 켜지 않은 서재는 어두웠다. 차경은 핸드폰으로 기사를 찾아보고 있었다. '서교동 택시에 치인 여고생 사망', '마포 도심서 여고생 교통사고로 사망' 각기 다른 일간지에 기사가 두 개 올라왔고 내용은 엇비슷했다. 서교동에서 여고생이 차도로 뛰어들어 달려오던 택시에 치여 즉사했다. 차경은 기사들을 연달아 읽은 후에 혜미의 인스타 계정을 확인했다. 새로운 게시물이나 댓글은 없었다. 다행히 마지막 게시물은 화방에서 찍은 사진이 아니라 공원에서 찍은 사진이었다. 차경은 인스타를 닫고 다시 포털 검색창을 열었다. '오만 원권 위조', '여고생 위조' 등을 입력했지만 딱히 눈에 띄는 내용은 없었다. 특히 위조지폐에 대한 언급은 어디에도 나오지 않았다. 나란히 앉은 도희에게 물었다.

"아까 화방 이름이 뭐였지?"

대답이 없어서 돌아보니, 혜미의 핸드폰에 저장된 사진을 지우던 도희가 어느새 책상에 얼굴을 파묻고 엎드려 있었다. 헝클어진 머리카락 틈으로 목소리가 새어 나왔다.

"미로, 미로 화방."

차경은 '미로 화방 사고', '미로 화방 위조'를 검색했다. 순간, 현관에서 들리는 인기척에 둘은 얼어붙었다. 고호범의 목소리가 들렸다.

"도희냐? 엄마는?"

"아빠 나 친구랑 있어!"

태연한 말투와 달리 도희는 떨고 있었다. 쌕쌕 몰아쉬는 숨이 거칠었다. 거실 너머로 방문 닫히는 소리가 들리자 도희가 자리에서 일어섰다. 차경이 불안한 눈으로 물었다.

"어디 가?"

"나, 호흡기."

잠시 혼자 남겨진 차경의 시선이 도희가 두고 간 혜미의 핸드폰에 닿았다. 사진 앨범은 비웠지만, 도희가 몇몇 사진을 자기 폰에 메시지로 보내두었다. 메시지 창을 열자 좌르륵 뜬 사진 속에 화방에서 놀란 눈을 한 차경이 있었다. 그 아래도 또 그 아래도, 모두 차경의 사진이었다. 도희 얘는 대체 뭘 하려는 거지? 차경은 다급히 방 안을 두리번거리다가 도희가 앉았던 의자에 시선이 멎었다. 도희의 핸드폰이 놓여 있었다. 화면을 열어 확인해 보려고 했지만 잠금 설정이 돼 있어서 열 수가 없었다. 서재로 막 들어온 도희에게 차경이 말했다.

"잠금 풀어봐."

"왜 그래야 하는데?"

"니 핸드폰으로 사진 넘겼잖아. 지워야지."

"내가 알아서 해."

"니 사진만 지웠잖아. 난 이렇게 그대론데."

짧은 순간, 도희는 손쉽게 이용하던 표정들을 한꺼

번에 꺼내느라 바빴다. 미소와 애원이 가파르게 교차
했지만, 어느 것 하나 차경에게 먹혀들지 않았다. 도
희를 빤히 보던 차경이 한 손에 쓰레기통을 들고 혜
미의 핸드폰과 작업에 쓰던 종이와 자잘한 문구들을
마구 던져 넣었다.

"시간 없어. 태우자."

도희의 얼굴 앞에 쓰레기통을 들이밀며 차경이 말
했다.

"핸드폰 넣어."

자신의 핸드폰을 꼭 쥔 도희의 얼굴에는 남은 표정
이 없었다. 눈앞에서 쓰레기통이 다시 흔들렸다.

"금고도 열고. 빨리 좀 해. 나 막차 끊겨."

"너 무서운 애구나? 혜미가 죽었어."

별안간 도희에게 혜미가 소중해진 그 이유를 차경
은 알 수가 없었다.

"뭔 소리야, 누가 그걸 몰라?"

"근데 막차가 중요해, 지금?"

"그럼 뭐가 중요한데? 아까부터 너는 뭘 했는데?"

"니가 도망치지만 않았어도."

도희는 뒷말을 삼켰지만, 차경의 눈동자에 불이 튀었다.

"걔가 안 죽었다고?"

"밖에 아빠 있어."

"그 말이 하고 싶은 거야? 나 때문에 걔가 죽은 거라고?"

목소리가 커지자 당황한 도희가 차경의 입을 막으려고 손을 뻗었다. 차경은 얼굴을 돌리며 도희를 밀쳐버렸다. 허공에서 버둥거리던 도희가 중심을 잃고 컴퓨터 전선을 마구잡이로 움켜쥐며 쓰러졌다. 전선에 연결된 프린터가 순식간에 도희의 팔로 내리꽂혔다. 도희는 비명을 짧게 내지른 후, 서럽게 울기 시작했다. 차경이 입도 닫지 못한 채 바라보고 있는데 문이 열렸다.

"왜, 도희야 왜?"

아빠의 등장에 도희의 통곡은 한층 더 서러워졌다. 차경은 시선을 바닥으로 내렸다.

*

응급실 앞 벤치는 한산했다. 차경은 다리를 달달 떨며 볼 안쪽을 잘근잘근 씹었다. 서재에서 작업하던 것들은 모두 가방에 쓸어 담아왔다. 이것들만 태워버리면 될 거라고 생각했는데, 아니었다. 왜 생각을 못 했을까. 도희 핸드폰을 신경 쓰느라 제일 중요한 걸 놓쳐버렸다. 다른 오만 원권들. 매번 열 장씩을 만들었으니, 남은 아홉 장은 금고 속에 있을 것이다. 호랑이 얼굴 조각이 붙어 있는 금고. 도희는 작업하던 오만 원권을 항상 그 금고에 넣었으니까. 다시 도희네 집에 가야겠다. 그렇게 생각하는데 응급실 문이 열렸다. 팔에 깁스를 한 도희가 고호범의 부축을 받으며 나왔다. 차경은 어정쩡한 자세로 벤치에서 일어났다. 도희가 차경에게 시선을 꽂은 채 고호범에게 말했다.

"아빠, 나 친구랑 얘기 좀."

고호범은 주차장에서 기다리겠다는 말을 남기고 멀어졌다. 둘만 남게 되자, 도희가 낮은 목소리로 빠르게 말했다.

"경찰이 아빠한테 전화했어. 내일 경찰서로 오래."

경찰서? 차경의 속눈썹이 가늘게 떨렸다.

"화방 CCTV에 우리가 같이 있는 게 찍혔대. 학교 쌤들한테 연락 돌린 모양이더라. 너희 집에도 연락 갔을 거야."

CCTV라는 단어를 듣는 순간, 차경의 내부에서 뭔가가 추락하는 듯했다. 잘 아는 느낌이었다. 망한 느낌. 아무리 발버둥 쳐도 안 되는, 다 망해버린 느낌. 차경은 더듬더듬 말했다.

"금고. 너희 집에 가서, 만들었던 돈부터 없애자."

"싫은데? 니가 뭔데?"

도희는 처음 보는 차가운 표정을 짓고 있었다. 차경은 낯설어진 도희에게 뭐라고 대꾸해야 할지 알 수 없었다. 고약한 장난 같은 건가? 웃고 넘겨야 하나, 아니면 화를 내야 하나. 혼란스러운 와중에 도희가 말을 이었다.

"경찰한테도 그렇게 말할 거야. 너랑 같은 반이지

53

만 친하지는 않다고."

말을 맞춰보자는 거구나, 차경이 받아쳤다.

"그래, 혹시 돈 얘기 나오면 모른다고 하자. 혜미 돈이라서 우리는 모른다고. 다른 건 너희 집에 가서 정하자."

"왜 자꾸 우리 집에 간대? 소름 끼치니까 아는 척하지 말아줄래?"

차경이 다시 입을 떼려는데, 도희가 선수를 쳤다.

"너 진짜 실망이다."

그러고는 몸을 휙 돌리고 가버렸다. 차경은 도희의 뒷모습을 멍하니 바라보았다. 실망이라고? 이게 무슨 소리지? 금고에 있는 오만 원권을 모두 없애야 하는데, 실망이라는 말이 왜 튀어나오는 거지? 잠시 생각을 가다듬은 뒤에야 도희와 자신은 입장이 다르다는 사실을 깨닫게 되었다. 그러니까 쟤는 이 상황에서도 나를 평가할 여유가 있구나. 실망씩이나 할 여유가. 혼자 남겨진 차경의 다리가 다시 달달 떨리기 시작했다.

4

조퇴까지 하면서 불려온 취조실은 예상보다 아늑
했다. 가로세로 1.8미터가 한 평이니까, 두 평이 채 안
될 것이다. 이렇게 좁은데도 답답하지 않은 이유는
사면의 벽이 밝은 베이지 색이기 때문일 거다. 재질
도 시멘트가 아닌 도톰한 천이다. 비슷한 재질을 도
서관 휴게실에서 본 적이 있다. 그래서 익숙했구나.
주변을 둘러보다가 모서리에 박힌 CCTV에 시선이
맺혔다. 누군가 저 너머에서 자신을 보고 있을 거라
고 생각하자 옅게 닭살이 돋았다. 양팔을 쓸어내리는
데 경찰이 들어와 앞에 앉았다.

"성차경, 맞지?"

"네."

"말 편하게 할게, 괜찮지?"

"네."

"어디 보자, 차경이는 내리 일등이네?"

두꺼운 서류를 넘겨보는 경찰을 차경이 곁눈질로 살폈다. 어두운 피부에 오렌지색 립스틱을 발라 입술만 동동 떠 보이는 게 우스꽝스러웠다. 퍼스널 컬러를 모르나? 서류에 눈을 박은 경찰이 오렌지색 입술을 움직이며 말했다.

"옆방에 친구가 있어. 고도희, 알지?"

"네."

"6월 12일, 어제저녁 8시에 김혜미, 고도희랑 화방에 있었다던데, 맞아?"

"네."

"혜미가 계산하는 동안, 둘은 왜 밖에 있었어?"

"우리끼리 할 말이 있어서요."

"할 말? 뭐?"

"공부, 입시, 그런 거요. 필요한 것만 물어봐 주세요."

경찰은 그제야 고개를 들어 차경을 쳐다보았다.

"너 똑똑하니까 알 거 아니야, 왜 따로 질문하겠니?"

"저야 모르죠, 숨길 게 있었다면 하루 동안 저희끼리 말을 맞췄겠죠."

차경의 대답에, 경찰이 옅게 웃었다.

"니가 그렇게 나온다면, 어쩔 수 없네."

보란 듯이 착착 다른 파일을 꺼내 넘기며 말을 이었다.

"부모님이 다섯 살에 돌아가셨더라? 이쪽에선 꽤 유명하신데, 아니?"

알면 어쩌라고? 경찰을 쏘아보는 차경의 눈이 매서워졌다.

"이런 기록은 숨길수록 좋아. 공부 열심히 하는데 좋은 대학 가야지, 안 그래?"

"대학 가는 거랑 부모님이 무슨 상관인데요?"

"그러니까. 상관이 없는 게 좋겠지? 이제 똑바로 대답하자. 너희는 왜 밖에 있었니?"

취조는 한 시간 정도 이어졌다. 경찰은 폼만 잔뜩 잡을 뿐 중요한 질문은 피해 갔다. 자세한 정황은 파악하지 못한 것 같았다. 화방 주인은 혜미가 건넨 돈이 위조지폐인 것 같았다고 진술했으나, 경찰은 아무런 증거도 확보하지 못했다. 혜미의 부모님이 화방 주인을 살인자로 몰아세우는 바람에 상황이 더욱 복잡해졌다. 차경은 관련 기사를 찾아볼 때마다, 현장에서 오만 원권을 챙긴 자신이 대견스러웠다. 정신만 차리면 돼. 죽으라는 법은 없어. 그럼에도 생각은 곧장 도희의 금고에 있을 오만 원권으로 이어졌고 만족감은 압박으로 바뀌었다. 주변의 공기가 무게를 가지고 차경을 짓누르는 듯했다.

이 주 뒤, 다시 취조실로 불려갔다. 이번에도 알맹이 없는 질문에 답하고 복도로 나서는데 옆방에서 나오던 도희와 마주쳤다. 오른손 합곡 혈 점이 저릿하더니 머릿속 어딘가에서 합체, 라는 도희의 목소리가 들려왔다. 차경은 왼손 집게손가락 손톱으로 점을 파내듯 꾹 눌렀다. 담당 경찰들의 시선이 신경 쓰여서 차경은 도희를 어떻게 보아야 할지 선택할 수가 없었다. 친구인 걸 다 아는데 모르는 척하면 수상해 보일 것 같았고, 아는 척을 하자니 그래도 괜찮나 싶었다. 결국 차경은 도희를 보지 않는 쪽을 택했다. 경찰들에게 시선을 꽂은 채 최대한 깍듯이 인사하고 돌아서는데, 경찰의 목소리가 뒤통수에 꽂혔다.

"너희는 친구가 죽었는데, 왜 슬퍼하지를 않니?"

*

차경은 그날 이후로 쭉 도희를 보지 않는 상태로 지냈다. 미술반에서도, 복도에서도, 도희와 어울려 다니기 전처럼 바닥만 보고 걸었다. 다시 혼자가 된 차경은 매일매일에 열중했다. 간혹 합곡 혈 점에서 저릿한 감각이 느껴질 때가 있었으나 무시했다. 하지만 금고 속 오만 원권이 떠오를 때면 도저히 무시할 수가 없었다. 살갗 아래를 흐르는 혈관이 부풀어 올라, 금방이라도 터져버릴 것만 같았다. 차경은 필사적으로 다리를 떨고 볼을 씹었다. 그 구체적인 통증 덕분에 아주 약하게나마 숨을 쉴 수 있었다. 종아리에 쥐가 나고 볼 안쪽 살이 떨어져 나갈 듯해도 차경은 멈추지 않았다. 그렇게 간신히 숨을 쉬며 수행평가를 치르고, 모의고사를 치르고, 실기시험을 치렀다. 하루치의 할 일을 꾸역꾸역 해냈고 그러다 보니 시간이 흘러 고3이 되었다.

수업이 끝나고 반 아이들이 컴퓨터실을 빠져나갔다. 모니터 앞에 앉아 있던 차경은 마지막 발소리가 멀어진 뒤, 검색창을 새로 열었다. 기록을 남기지 않기 위해 로그인하지 않은 채 혜미의 인스타 주소를 입력했다. 새로운 게시물은 없었다. 장례식 이후 한창 올라오던 보고 싶다, 그곳에서 행복해라, 등의 댓글도 더는 없었다. 차경은 마우스를 스크롤해 이전 게시물로 내려가서 자신이 찍힌 사진들을 일일이 확인해 보았다. 혹시나 뭔가가 달렸을까 봐. 모조리 지워버리고 싶지만 그럴 수가 없으니 이렇게 매번 확인하는 수밖에 없었다.

인스타를 체크한 후에는 검색창을 열어 '여고생 위조지폐', '미로 화방 위조지폐' 등의 검색어를 입력했다. 연관 없는 정보들이 줄줄이 떴다. 화방 주인의 입에서 나왔다는 위조지폐라는 단어는 온라인상의 어디에도 없었다. 처음 올라왔던 부고 기사는 몇 개의 복제 기사를 만들어낸 게 끝이었다. 별다른 게 없다는 사실을 두 눈으로 확인하고서야 차경의 어깨에 내려앉았던 긴장이 스르르 풀렸다. 의자에 등을 기대어 좀 편하게 앉으려는데, 기사 하나가 눈에 들어왔다. '위조지폐 적발, 창원 중학생의 증언' 이 년 동안 천만 원가량을 위조했다는 중학생은 왜 가짜 돈을 만들었냐는 기자의 질문에 이렇게 답했다. 차경은 눈으로 읽은 문장을 입 밖으로 뱉어보았다.

"진짜를 만들 수가 없어서요."

웃음을 터뜨린 차경은 제가 낸 소리에 놀라 입을 다물었다. 덕분에 정신을 차리고 벽시계를 봤다. 다음 수업이 몇 분 남지 않았다. 복도로 나오니 다른 반학생들이 몰려오고 있었다. 차경은 그 무리를 거슬러 걸으며 이어폰을 귀에 꽂았다. 조금 전에 읽은 문장이 떠올라 계속 웃음이 났다. 진짜를 만들 수가 없어서요. 곱씹는 차경의 눈앞에 작은 리본이 달린 구두가 들어와 섰다. 시선을 올리니 도희였다. 양옆에는 호위병처럼 친구들이 나란히 서 있었다. 도희가 이어폰을 빼는 시늉을 해서 차경도 아무 소리가 나지 않는 이어폰을 귀에서 뺐다. 그러자 도희가 잔뜩 꾸민 목소리로 말했다.

"나 유학 가. 미국으로."

차경이 대꾸하는 대신 쳐다보기만 하자 도희가 화사하게 웃었다.

"왜 아무 말도 안 해. 잘 지내라고 해줘야지."

왜 이러나 싶어서 차경이 미간을 찌푸렸다. 그러자 갑자기 도희가 차경을 껴안으며 귀에 입술을 붙이고서 속삭였다.

"넌 내가 잘 지내길 빌어야 할 거야. 혹시나 나한테 무슨 문제가 생기잖아? 그럼 너는 바로 나락인 거야.

니가 만든 돈이 나한테 아홉 장이나 있거든."

차경은 버둥거리며 도희에게서 벗어났다. 축축해진 귀를 닦아내며 애써 태연한 척 물었다.

"그게, 뭐. 내가 했다는 증거 있어?"

도희가 차경의 손을 덥석 잡으며 말했다.

"잘 생각해 봐. 나는 단 한 번도 만진 적이 없어. 그러니까 거기에 니 지문밖에 없다고."

그 말이 큼직한 송곳처럼 차경의 가슴팍을 찔렀고 생생한 통증이 밀려왔다. 뭔가 더 묻기도 전에 도희는 차경을 지나쳐 가버렸다. 남겨진 차경 뒤로 목소리가 들렸다.

"둘이 뭔데? 왜케 심각한데, 어?"

"뭘 심각해. 그냥 같은 반이었어."

도희가 친구들과 멀어진 후에도 차경은 움직일 수가 없었다. 얼마 안 있어 다른 아이들도 모두 떠나고 복도에는 차경만 남았다. 덩그러니 선 차경 위로 수업 종이 따갑게 울렸다.

*

　도희가 미국으로 떠난 뒤, 모든 일이 어리둥절할 정도로 순조롭게 풀렸다. 차경은 학교장 추천에도 올랐다. 애들 사이에서는 가난해서 가산점이 붙은 거라는 말이 돌았던 모양이다. 뒤에서 거지 냄새가 난다, 더럽다 떠들어댔지만, 차경은 일일이 응대할 여유가 없었다. 포트폴리오를 마무리하고 나니 수시 면접이 코앞이었다. 넘어야 할 허들이 영원할 것처럼 이어졌다. 면접 후에는 중간고사. 수시에는 중간고사 성적까지 반영되니 남은 힘을 쥐어짜 내야 했다. 잠은 두 시간만 자자, 결심하면서도 솔직히 자신이 없었다. 길에서 쓰러지거나 하는 사달이 날 것만 같았다. 하지만 며칠이 지나니 도리어 정신이 맑아졌고 몇 달째 안 외워지던 암기 공식까지 머리에 쏙쏙 박혔다. 시험을 치른 후, 조례 시간에 담임이 성적표를 나눠줬다. 1등이었다. 다시 봐도 1등이었다. 벅차오르는 감정을 누르려고 차경은 길게 심호흡을 했다. 담임이 복장 지적을 하지 않았더라면 울어버렸을지도 모르겠다. 주변을 둘러보니, 다른 애들은 하복 차림인데 자기만 춘추복을 입고 있었다.

책상에 앉아 수능 대비 문제집을 펼치는데, 반장이 어깨를 툭툭 쳤다.

"미술이 교무실로 오래, 너."

부스스 일어서는 차경의 뒤를 아이들이 눈으로 끈질기게 추격했다. 담임이 아닌 미술 선생이 부른 거라면, 학교장 추천 결과 때문일 거다. 차경은 빠르게 복도를 내달렸다. 교무실 앞에 멈춰 서서 어지러운 호흡을 가다듬은 후 귀퉁이의 미술 선생 자리로 다가갔다.

"너 붙었어."

"아, 붙었어요?"

대답 대신 미술 선생은 서류를 건넸다. 「학교장 추천 수시합격자 20499 성차경」

"형식상 수능은 쳐야 하니까 남은 준비 잘해. 애들 예민하니까 너무 티 내지 말고."

그러고 뒷말을 더 붙였다.

"할머니께 말씀드려서 입학금 미리 준비해 둬."

"얼만데요?"

*

텅 빈 미술반 책상에 걸터앉은 차경은 멍하니 창밖을 바라보았다. 노을이 신기하게도 핑크색이었다. 마젠타에서 플럼까지 솜씨 좋게 그러데이션이 먹었다. 무릎 위에는 합격증과 입학금 고지서가 나란히 놓여 있었다. 납부할 금액 칸의 숫자가 하도 많아서 몇 번이나 다시 세어봤다. 일십백천만십만, 백만. 금 사백오십칠만 육천 원.

얼굴을 본 적도 없는 작은아버지라는 사람이 차경의 이름까지 이용해서 사기를 쳐놓은 탓에 학자금 대출 신청도 잘렸다. 보조금을 한 푼 두 푼 모은 할머니 통장의 돈은 백만 원이 채 되지 않았다. 차경은 천천히 주머니에서 오만 원권을 꺼내 햇빛에 비춰 기울여보았다. 화방 주인에게 덜미를 잡힌 이유는 펄 매니큐어 작업을 하지 못했기 때문이다. 띠형 홀로그램과 노출 은선만 제대로 그려 넣었어도 그렇게 허무하게 걸리지는 않았을 텐데. 89호 실버샴페인의 가격은 만 팔천 원. 다른 재료는 대충 화방에서 구입할 수 있는 것들이지만 종이는 예외다. 켄트지나 캔버스 천이 아니라 아사 천 함량이 높은 코팅지를 써야 한다. 공예 천을 종류별로 취급하는 원단 전문점에서는 두께뿐만이 아니라 광택까지 조절해 준다. 주문하면 당일에도 받아볼 수 있다. 우선 테스트로 2절 한 장만 주문해 봐야지. 오만 원권은 68에 154밀리미터, 2절은 545에 788밀리미터니까 면적을 나누면 마흔 장은 거뜬할 것이다.

남대문 원단상가에 코팅지를 주문하고 기다리는 동안, 다른 상가를 돌며 부재료를 샀다. 필요한 것만 샀는데도 비닐봉지가 꽤 무거웠다. 횡단보도에 서서 내려다보니, 비닐을 쥔 오른손 마디에 허옇게 줄이가 있었다. 비닐을 왼손으로 바꿔 들며 피가 돌게 오른손을 털어내는데, 옆에 선 여자의 시선이 느껴졌다. 아예 대놓고 이쪽을 향해 몸을 돌리고 있었다. 차경이 고개를 들자 시선이 교차했다. 누구더라? 어딘가 어색한 원피스 차림에 입술이 오렌지색으로 동동 뜬 여자는, 그때 그 경찰이었다. 차경은 곧장 고개를 숙였지만 경찰의 눈썰미가 더 빨랐다.

"동의동 부부."

내뱉고는 자기도 놀랐는지 오렌지 입술을 닫았다. 세상에 알려진 차경 부모의 이름은 '동의동 부부 사기단'이었다. 크게 한탕 해먹은 동네가 동의동이라서 편의상 그렇게 불리는 듯했다. 경찰은 괜히 차경이 든 봉지로 화제를 돌렸다.

"입시 준비하는 거야?"

"학교장 추천으로 벌써 붙었어요."

신호등이 파란불로 바뀌었고 차경은 자신의 합격에는 관심이 없는 경찰과 함께 횡단보도를 건넜다.

"대단하네, 그 환경에서."

"제 환경이 어떤데요?"

차경이 묻자 경찰은 당황한 듯 헛웃음을 짓고는 고개를 획 돌려버렸다. 불편한 침묵으로 길 끝에 다다르자, 경찰이 주섬주섬 돈을 건넸다. 차경은 굳은 얼굴로 경찰의 손끝에서 살랑이는 오만 원권을 내려다보았다. 이런 부류, 정말 싫다.

"뭐해? 받아."

그러고는 차경의 손에 억지로 돈을 쥐여주었다. 그것으로 말실수에 대한 보상이 끝났다는 듯, 경찰은 또각또각 멀어져 갔다. 눈꺼풀을 깜빡이지도 않고 노려보던 차경은 경찰이 사라지고 나서야 건네받은 오만 원권을 펼쳐 보았다. 신사임당은 언제나처럼 안광을 뿜어내고 있었다. 차경은 그 빛에 얼굴이 뚫리는 것만 같았다. 팔에도 힘이 빠져 돈을 든 오른손이 이리저리로 휘청거렸다. 차경은 봉지를 바닥에 내려놓고 흔들리지 않도록 두 손으로 오만 원권을 잡았다. 그러는 동안에도 신사임당은 차경을 빤히 바라보고 있었다. 차경은 두 눈에 힘을 주었다. 지고 싶지 않았다. 어떻게 해서든 버텨보고 싶었다. 하지만 얼마 지나지도 않아 눈이 뻑뻑해지면서 눈꺼풀이 떨려왔다. 그동안 신사임당은 조금의 흐트러짐도 없었다. 어느새 두 눈에 눈물이 가득 고였다. 눈물의 무게를 버텨내지 못하고 막 눈꺼풀이 닫히려는 그때, 차경은 두 손으로 돈을 찢어버렸다. 신사임당의 가채 위에서부터 턱으로 내려가며 두 손이 각도를 넓혔다. 신사임당은 얼굴이 반으로 찢기면서도 끝까지 차경을 노려보았다.

2부

5

서재 문을 열고 깁스를 한 도희가 오렌지색 입술의
경찰과 함께 들어온다. 도희가 금고를 열어 차경이
만들었던 오만 원권을 경찰에게 건넨다. 빛에 비춰
기울여 보던 경찰이 도희에게 날카롭게 질문한다.

"고도희 양, 이거 누가 만든 거죠?"

도희는 얼굴을 일그러뜨리며 무릎을 꿇고 싹싹
빈다.

"차경이가 만든 거예요, 언니. 걔 잡아가요, 걔가 범
인이에요."

도희를 안쓰럽게 보던 경찰이 얼굴에 주름을 잔뜩

모은다.

"그래, 훌륭한 대변인의 따님은 죄가 없을 거라 생각했어. 자식은 부모를 닮게 돼 있지."

말하는 동안 경찰의 얼굴이 기괴하게 일그러지며 중년 남자의 얼굴로 바뀐다. 묘하게 익숙한 저 얼굴이 누구인지 기억해 내려고 차경은 애를 쓴다.

"듣고 보니 성차경이 범인 맞군. 내가 동의동 부부 사기단 담당인데, 사기를 쳐놓고는 도망치다 뒈져버렸어. 역시 그 부모에 그 딸이군. 그런 짓을 해놓고도 뻔뻔하게 대학에 간다고?"

형사가 눈알을 굴려 정면을 바라본다. 어느새 형사 앞에 선 차경은 온몸이 굳어 옴짝달싹하지 못한다. 순간 형사의 얼굴이 일그러지더니 담임으로 바뀌었다가 다시 미술 선생으로, 동사무소 직원, 은행 직원, 등으로 빠르게 바뀐다. 현기증이 느껴질 정도의 속도감에 구토가 일 때쯤, 드러나는 얼굴은 도희다.

"나한테 무슨 문제가 생기잖아? 그럼 너는 바로 나락인 거야."

비슷한 패턴의 악몽이 오 년째 반복되고 있지만, 차경은 여지없이 비명을 지르며 깨어났다. 하마터면 웅크리고 있던 긴 의자에서 굴러떨어질 뻔했다. 깨어나며 꽤나 크게 소리를 지른 듯해서 주변을 둘러보았다. 다행히 복도에는 아무도 없었고 바로 앞 연구실 문도 닫힌 채였다. 그제야 차경은 의자에 등을 기대며 편하게 앉았다. 핸드폰을 들어 교수가 십 분 전에 조금만 기다려 달라고 보낸 문자를 다시 확인하고는 인스타를 열었다. '고도희'를 입력하자, 이제는 눈에 익은 수많은 고도희들이 주르륵 떴다. 하나하나 살펴보았으나 차경이 찾는 고도희는 보이지 않았다.

넉 달 전만 해도 차경은 도희를 주기적으로 살필 수 있었다. 미국으로 떠난 이후 놀라울 정도로 성실하게 인스타 게시물을 올렸으니까. 차경은 도희가 졸업 파티에서 누구와 춤을 췄는지, 아빠에게 선물받은 첫 차가 얼마짜리였는지, 돈만 내면 들어갈 수 있다는 사립대학에 합격하고 얼마나 감격했는지 등을 속속들이 꿰고 있었다. 금속공예과에 진학한 이후, 자신이 만든 액세서리를 열심히 올리던 도희는 간혹 공동 구매 인원을 모집하는 게시글을 올리기도 했다. 그 주기가 짧아진다 싶던 차에 인스타에서 갑자기 사라졌다. 사 년 동안 쌓였던 도희의 게시물이 일순 증발해 버렸다. 차경은 전처럼 하루도 빠짐없이 도희가 쓰던 계정 주소를 검색했으나 페이지를 사용할 수 없다는 안내문만 눈앞에 떴다. 도희에게 무슨 일이 생긴 걸까? 꾸준히 게시물을 올리던 애가 사라졌다는 건 뭘 뜻하는 걸까? 혹시 뭔가 발각되어서 숨어버린 거라면? 도희가 사라진 후로 차경은 최악의 경우를 상상하며 마음을 졸였다. 티끌만 한 단서라도 찾을까 싶어서 관련 있는 모든 단어를 검색했다. 고호범 관련 기사가 가장 최근에 떴다. 평소 입이 걸기로 유명한 정치인의 페이스북 게시글 때문이었는데, 그는 고호범이 국회의원 대변인으로는 이례적으로 큰 관심을 받고 있다며 '이곳은 퇴물 배우들이 쉬러 오는 곳이 아니다'라고 지적했다. 이후 고호범 이름 앞에는 '퇴물 배우'라는 수식어가 따라붙었다. 인터뷰 기사도 몇 개 있었는데, 그중 재작년에 아내를 떠나보냈다는 내용이 눈에 들어왔다. 도희 엄마가 죽었구나. 도희의 인스타에는 드러나지 않았던 내용이다. 이게 도희가 사라진 것과 관련이 있을까? 생각에 빠져 있자니 연구실 문 너머로 들어오라는 목소리가 들렸다.

교수는 의자를 턱짓으로 가리키면서 모니터를 들여다봤다. 차경이 보낸 메일을 지금 확인하는지도 모르겠다. 수업 준비도 제대로 하지 않던 사람이니까. 이런 교수가 학생들 사이에서 왜 인기가 많은 건지 차경은 이해할 수가 없었다.

잠시 후, 교수가 차경을 향해 웃으며 말했다.

"야, 성차경. 아무리 그래도 협동심은 아니지 않아?"

차경이 수정해서 보냈던 추천서 내용에 대한 얘기였다. 단체 활동에는 기를 쓰고 빠졌으면서 학우들과의 협동심을 운운하다니, 양심이 없다는 거였다. 교수에게 추천서를 부탁한 것은 지난달이었지만, 차경은 그저께가 되어서야 메일을 받아볼 수 있었다. 그

자리에서 거듭 추천서를 읽었지만 교수가 자신의 어떤 점을 추천한다는 것인지 꼬집기 애매했다. 당장 엔티 서류 접수 마감이 내일이었다. 차경은 시간이 촉박하여 직접 추천서를 수정해 교수에게 메일로 보냈고 출력도 해왔다. 사인을 바로 받아 가려고.

"교수님, 저 진짜 무조건 붙어야 해요."

차경의 절박한 목소리에 교수는 미소를 걷어내며 만년필을 들었다. 사인을 마치자, 차경은 얼른 집어 들고 일어섰다. 뒤에서 교수 목소리가 들렸다.

"합격하면 동기랑 후배 좀 챙기고, 알았지?"

차경이 수정한 추천서에 교수가 사인을 해준 이유는, 엔티의 이름값 때문일 것이다. 합격하면 학교 본관에 당당히 현수막을 걸 수 있는 회사. 엔티는 한창 뜨고 있는 플랫폼 기업 중 하나로 SNS 알림 앱으로 출발해서 검색 엔진, 게임 등을 아우르는 온라인 공간을 제공하며 세계적인 기업으로 성장했다. 블라인드에 뜬 내용이 사실이라면 동종 업계에서 연봉이 독보적으로 높았고 복지도 좋았다. 대학생 설문조사에서 삼 년 연속 희망 기업 1위를 차지한 이유도 그 때문이다.

차경은 2학년 때 엔티에서 주최한 공모전에 입상해 본사로 견학을 갔었다. 그때의 충격은 아직도 생생하다. 11층 건물 중 7층과 8층 두 층만이 업무 공간이고 나머지 층은 직원의 편의를 위한 시설로 구성되어 있었다. 랍스터와 스테이크 등이 무료로 제공되는 지하 식당, 명상을 하거나 간단한 근력 운동을 할 수 있는 운동실, 서점과 카페까지. 단칸방과 고시원에서만 살아온 차경에게는 그러한 공간이 모여 있다는 사실 자체가 충격이었다. 그리고 그 충격은 간절함으로 이어졌다. 차경은 엔티가 간절했다. 그 마음이 너무 커질 때면, 지하철을 타고 엔티 본사로 향했다. 내부는 출입 카드를 찍어야 들어갈 수 있었으므로 차경은 로비 소파에 앉아서 중앙에 덩그러니 놓인 크리스털 조형물을 한참 동안 바라보다가 돌아오곤 했다.

*

「서류 합격을 축하합니다. 과제 설명회 일정은 다음과 같습니다.」 문자로 안내된 장소는 엔티 본관 2층이었다.

지원자들과 함께 회의실에 모여 과제 설명을 듣는 동안 차경은 감격에 겨워 주변을 둘러보았다. 과제의 주제는 이상적인 도시 설계. 오프라인 공간을 만들 수 있어야 온라인 공간도 만들 수 있다는 게 주제 선정의 이유였다. 모든 지원자에게 4절 크기의 얇은 나무판이 제공되었고 그 위에 입체로 공간을 만들어오라고 했다. 재료와 디자인 모두 자유이고 기한은 이주. 산업디자인 전공자들이 작게 환호하는 게 느껴졌다. 모여 앉은 지원자들은 23명이었다. 과제 수행 후에는 9명이, 최종 면접 후에는 5명이 살아남게 될 것이다. 그리고 그 5명 안에 들기만 하면 전혀 다른 인생이 펼쳐지게 될 터였다.

안녕히 귀가하시라는 안내와 함께 지원자들이 자

리를 정리하기 시작했다. 막 일어서던 차경은 찰칵 소리에 멈칫했다. 다시 찰칵. 소리는 오른편에서 들려왔다. 한 지원자가 손가락으로 브이를 만들며 셀카를 찍고 있었다. 셀카의 각도로 보아 자신의 얼굴이 찍혔을 것 같았다. 설명회 담당자들은 자기들끼리 얘기를 나누느라 별다른 제지를 하지 않았다. 차경은 손을 뻗어 지원자의 어깨를 톡톡 쳤다.

"사진 지워주세요."

그게 외계어라도 되는 것처럼 지원자는 멍한 얼굴로 바라보기만 했다. 차경은 손가락 끝으로 지원자의 핸드폰을 가리켰다.

"사진이요. 방금 찍으셨잖아요."

그제야 말귀를 알아들었는지 왜요? 라고 물어보는 지원자의 얼굴에 불쾌가 스쳤다.

"제 얼굴이 찍혔어요."

차경은 지원자의 핸드폰을 낚아채 사진을 클릭했다. 귀퉁이에 찍힌 자신의 얼굴이 보였다.

"여기, 있잖아요. 지워주세요."

차경이 듣기에도 자신의 목소리가 꽤 컸다. 담당자들이 이쪽을 보는 게 느껴졌다. 지원자는 황당하다는 표정을 지으면서도 순순히 셀카를 지웠다. 차경은 지원자가 휴지통까지 비우는 것을 두 눈으로 확인하고서야 회의실 문을 열고 나왔다.

크리스털 조형물이 바로 눈에 들어와서 차경은 몇 걸음을 떼지도 못하고 그 자리에 멈춰 섰다. 건물 1층에서부터 2층까지 연결된 조형물이 완전히 새롭게 보였다. 얇은 크리스털 판들이 다닥다닥 붙은 거대한 나무 모양이었는데, 2층 복도에서는 각 판의 뒷면이 드러났다. 숫자와 이름, 프로필 사진이 새겨져 있었다. 어디선가 초창기 앱의 유저들이 참여한 작품이라는 소개글을 읽은 기억이 났다. 하나하나 유심히 들여다보는데 여자들 목소리가 귀에 꽂혔다.

"오늘 온 애들 중에서도 나가리 있다며?"

"어, 학폭. 두 명이나 잡았다잖아. 무슨 연습생 뽑는 줄."

"작년에 잘린 애 있지, 그때 대표가 인사과에 엄청 해댔대. 똑바로 일하라고."

대화를 나누던 여자 직원들이 에스컬레이터를 타고 내려가 버려 뒷이야기는 듣지 못했다. 차경은 직원들을 눈으로 좇으며 놀라움을 삼켰다. 블라인드나 커뮤니티 게시판에서 엔티 대표가 인성을 강조한다는 정보는 꽤 접했으나 실제로 당락에 영향을 줄 거라는 생각은 하지 못했다. 인성, 인성이라니. 손에 든 나무판이 갑자기 무겁게 느껴졌다.

*

요양원의 4인실은 침대마다 커튼이 둘러쳐져 있어 갑갑했다. 차경의 할머니는 창가 앞 침대를 차지하고 있었다. 다른 자리보다 공간이 넓은데도 그간 쌓인 세간 살림으로 빼곡했다. 차경은 침대 옆에 의자를 붙이고 앉았다. 곤히 잠든 할머니를 내려다보고 있자니 까물까물 졸음이 몰려왔다. 안 돼. 잠들면 안 돼.

차경은 벌떡 일어서서 원무과로 향했다.

입원비를 내기 위해 이번에도 제2금융권 대출을 받을 수밖에 없었다. 몇 개월 전 과외를 그만두면서 쌓인 빚이 벌써 천만 원을 넘었다. 지난달에는 할머니를 담당하던 요양보호사가 젊은 사람이 어쩜 그렇게 꽉 막혔냐며 기초 수급자 자격 요건을 당장 알아보라고 했다. 판정을 받지 못한 게 너무 이상하다고. 요즘엔 조건이 많이 완화되었으니 방법이 있을 거라고. 차경은 으레 그래왔듯 흐린 웃음으로 대답을 대신했다. 예전 같았으면 곧장 주민센터나 사회복지과에 전화를 걸었을 것이다. 수급자 판정을 받기만 하면 생활 형편이 얼마나 세세한 부분까지 나아지는지를 누구보다 잘 알고 있었으니까. 답답한 사람은 요양보호사가 아니라 차경이라는 소리였다. 할머니의 부양 의무자인 작은아버지가 나타나기 전까지는 지원 사업 혜택을 받을 수가 없다. 기다리며 말라 죽느니, 직접 찾아 나서자. 삼 년 전 차경은 그런 마음으로 작은아버지를 찾아다녔다. 모든 문제를 해결해 준다는 가정법 전문 변호사를 만나기도 했고 복지과 직원에게 거듭 사정해서 받아낸 주소로 직접 가보기도 했다. 하지만 그 어디에서도 작은아버지는 찾을 수 없었다. 이 개새끼야. 당시 차경이 속으로 제일 많이 하던 말이었다. 너무 가난한데 가난하다는 사실을 확인받을 수조차 없다는 현실에 차경은 절망했다.

하지만 이제는 사정이 바뀌었다. 그렇게 생각하며 차경은 움츠렸던 상체를 바로 세웠다. 작은아버지, 이 개새끼는 끝내 찾지 못했지만 그래도 괜찮다. 자신은 엔티에 들어갈 테니까. 엔티에 들어가기만 하면 높은 연봉을 받을 테니까. 핏줄도 나라도 해결해 주지 못한 가난을 엔티는 해결해 줄 것이다. 그래서 차경에게는 핏줄보다 나라보다 엔티가 중요했다.

요양원을 나오니 아르바이트에 갈 시간이었다. 차경은 허기를 느껴 요양원 앞 편의점에서 삼각김밥을 샀다. 천이백 원이 그렇게나 아까웠다. 편의점 일을 시작한 후로는 편의점에서 하는 모든 소비가 손해라고 느껴졌다. 유통기한이 임박한 식품 대부분을 거저 가질 수 있었기 때문이다. 편의점에 도착해 유니폼을 갈아입자마자, 손해를 만회하려고 아까 먹었던 것과 같은 종류의 삼각김밥을 고프지도 않은 뱃속에 욱여 넣었다.

카운터 자리에 선 차경은 여느 때처럼 천정에 설치된 CCTV의 화각을 피해 살짝 몸을 숨겼다. 편의점 알바는 학원 강사나 과외에 비해 말도 안 되게 시급이 낮지만, 핸드폰을 볼 여유가 있어 좋다. 엔티 직원이 알바 사이트 게시글을 캡처해서 올린 게 눈에 들어왔다. 입사 지원자가 올린 대리 작업해 주실 분을 구한다는 글이었는데, 엔티 직원은 우리 회사에는 이렇게 크리에이티브한 신입이 필요하다며 돌려 까고 있었다. 그 아래에는 엄청나게 많은 댓글이 달렸다. 얘는 서류 통과를 어찌 한 거냐, 걸리면 바로 탈락인 걸 모르냐, 회사 공지도 안 보나 등등. 차경은 댓글을 하나하나 살펴보다가 엔티 홈페이지에 접속했다. 서류 합격자 23명 중에 2명이 탈락하여 2차 과제 설명회 때는 21명이 참여하게 될 거라는 공지가 떠 있었다. 게시글에 탈락의 사유가 명시되어 있지는 않았지만, 블라인드에 불법 도박과 학폭 때문이라는 폭로 글이 올라와 있었다. 상황이 이렇다 보니 몇몇 지원자들은 선행으로 점수를 따보려고 돈지랄을 하기도 했다. 어느 지원자의 고아원 기부 인증샷을 보고 있는데 띠링 도어벨 소리가 났다. 차경은 시선을 핸드폰에 둔 채 입으로만 인사했다.

"어서 오세요."

이어폰을 낀 여학생이 진열대를 도는 동안에도 차경은 핸드폰에서 눈을 떼지 못했다. 탁, 여학생이 딸기 우유와 빵을 카운터에 올리자, 그제야 핸드폰을 놓고 바코드를 찍었다.

"사천육백 원입니다."

여학생이 건넨 오만 원권을 받아 든 차경은 자연스레 빛에 비춰보았다. 반짝일 것은 반짝였고 드러날 것은 드러났다. 웬 지랄? 쏘아보는 여학생을 무시하며 거스름돈을 건넸다.

"감사합니다, 또 오세요."

도어벨 소리와 함께 여학생이 사라지자 차경은 다시 핸드폰을 들었다. 그러고는 근무시간이 끝날 때까지 엔티 취업 관련 기사를 검색했다. 아르바이트를 마치고 심야 버스의 뒷자리에 앉아서도 마찬가지였다. 엔티 그룹의 대표가 자신의 경영 철학을 설명한 인터뷰 영상을 시청한 후에 머리를 식힐 겸 인스타를 열었다.「회원님을 위한 추천」중 못 보던 아이디가 떴다. 612. 도희의 미국 친구 몇몇이 팔로우하는 아이디였다. 계정에 들어가니 영업시간과 청담동 소재의 주소가 적혀 있었다. 목적이 가게 홍보인지, 취향의 과시인지 헷갈리는 게시물이 죽 이어졌다. 어떤 음식을 먹는지, 어떤 음악을 듣는지 등을 드러내며 귀걸이나 반지의 모델명을 태그하는 식이었다. 어디에도 계정 주인의 얼굴은 드러나지 않았지만, 액세서리를 착용한 사진이 전혀 어색하지 않았다. 꽤 신경 써 촬영한 듯한 사진을 하루에도 몇 장씩이나 올렸다. 슥슥 사진을 넘기다가 차경은 한 반지 사진에서 멈추었

다. 포커스는 중지에 낀 반지에 맞춰졌지만, 차경의
두 눈은 흐릿한 엄지손가락에 맺혔다. 손톱 아래에
박힌 그 점에. 합체, 도희의 목소리가 어딘가에서 들
려왔다.

6

도희가 나타났다. 그동안 차경은 다양한 경우의 수를 상상해 왔다. 도희가 경찰에게 가짜 오만 원권을 건네는 장면은 하도 많이 상상해서 실제로 일어난 일처럼 느껴질 정도였다. 공포감이 심해질 때면 온몸이 바싹바싹 탈 듯 괴로워서 엄지손가락 지문을 도려내 버리자, 작심한 적도 있었다. 하지만 이미 주민등록증에는 내 지문이 박혀 있는걸? 같은 지문이 가짜 오만 원권에도 묻어 있는걸? 도저히 빠져나갈 수 없을 듯했다. 그럼에도 버틸 수 있었던 건 도희가 한국에 없다는 사실 덕분이었는데, 그게 아니었구나.

눈앞에는 자신의 빨래를 먹은 세탁기가 윙윙 돌아가고 있었다. 기척이 나서 돌아보니 콧등에 주근깨가 빼곡한 여자가 바구니에 세탁물을 담고 있었다. 이상한 소리가 난다 싶었는데, 자신의 다리가 달달 떨리며 내는 소리였다. 주근깨 여자는 그 소리가 거슬렸는지 불쾌하다는 듯 거칠게 빨래를 꺼냈다. 차경은 자신이 소음을 만들어내고 있음을 알아차리고서도 다리 떨기를 멈출 수가 없었다. 다리를 얌전히 두었다가는 완전히 엉뚱한 부위가, 갈비뼈나 어깨 같은 곳이 달달 떨릴 것만 같았기 때문이다. 그것보다야 다리를 떠는 게 낫다고 생각하며 다시 핸드폰에 집중했다.

612 계정에서 초반에 올린 게시물은 청담 매장의 오픈 사진이었다. 석 달 전. 차경은 허둥거리며 게시글과 태그, 댓글을 조합했다. 이해가 되지 않았다. 그렇게나 열심히 검색했는데 어떻게 석 달이나 모를 수 있었을까? 도희의 미국 친구를 다섯 명이나 팔로우하고 있는데? 이유를 찾다가 그전에는 비공개였을 거

라는 결론에 도달했다. 그렇다면 왜 비공개로 해뒀을까? 가게 홍보용 계정이라면 처음부터 공개하는 게 효과적이지 않나? 그런 폐쇄성이 요즘 트렌드인가? 질문을 이어가는 중에 시선이 느껴져서 고개를 들었다. 조금 전에 있던 주근깨 여자는 어느새 사라지고 세탁실에는 차경 혼자였다. 달달 다리 떠는 소리가 벽과 천장을 치며 자신에게 되돌아오고 있었다. 두 다리의 종아리 근육이 뻐근했다. 쥐가 날 것만 같아서 자세를 바꾸려는데, 문 앞에 떨어진 파란색 스카프가 눈에 들어왔다. 주근깨 여자가 흘리고 간 듯했다. 차경은 튕기듯 자리에서 일어섰다. 덕분에 영원할 것만 같던 다리의 움직임이 멈추었다. 웅웅거리는 근육의 결을 느끼며 차경은 스카프를 주워 들었다. 중앙에는 파란색 말이 큼직하게 그려져 있고 귀퉁이에 작게 에르메스 로고가 박혀 있었다. 차경은 자신도 놀랄 정도로 자연스럽게 스카프를 주머니에 넣고는 앉았던 자리로 돌아왔다. 그러자 목구멍을 옥죄던 공기가 코와 입으로 가늘게 빠져나왔다.

처음에는 오로지 숨을 생각뿐이었다. 머리카락도 안 보이게 꽁꽁 숨어야지. 도희가 절대 찾을 수 없는 곳으로 기어들어 가서 숨도 안 쉬고 살아야지. 이미 발각됐을지도 모르니까 고시원도 옮기고 할머니 요양원도 옮겨야지. 그렇게 결심하자 옛날 생각이 났다. 한밤중에 잠든 차경을 깨우며 당장 이사할 거니까 짐을 싸라던 할머니의 표정이 생생히 기억났다. 본능적으로 긴급함을 느낀 차경은 책이며 옷을 가방에 넣었다. 그러니까 야반도주를 한 것인데, 어떻게 알았는지 빚쟁이들은 도망친 집으로 어김없이 찾아들었다. 돈을 내놓으라고 그릇을 깨고 창문을 부수며 괴롭혔다. 어린 차경은 그 능력이 대단해 보였다. 어떻게 우리를 찾아냈지? 누가 알려준 거지? 머리를 뜯기고 맞으면서도 그게 그렇게 궁금했다. 대부분의 난동은 뺏어갈 것이 없다는 게 확인되면 빠르게 끝이 났기에 그리 힘들지는 않았다. 가장 견디기 힘든 순간은 새집에 할머니와 이불을 깔고 누워 있을 때였다. 빚쟁이들이 언제 들이닥칠까 마음을 졸이며 천장을 바라보던 그 순간만큼은 지금 생각해도 섬뜩하다. 그때마다 차경은 알지도 못하는 오만가지 신에게 빌고 또 빌었다. 불을 질러도 좋고 그릇을 깨부숴도 좋으니, 빚쟁이들이 언제 올지 미리 알려만 주세요, 하고. 기억의 끝자락에 이르러 마침내 차경은 다짐했다. 아니, 이제 빌고 있지만은 않을 거다. 잡히기 전에 내가 먼저 찾아낼 거다.

*

까페에 난 통창으로 길 건너 5층짜리 상가 건물이 훤히 들여다보였다. 건물은 공사가 시작되는 건지, 끝나는 건지, 빈 곳이 많았다. 곳곳에 드러난 낡은 뼈대가 건물의 나이를 말해주고 있었다. 1층 전면은 612 숍이 대부분을 차지했다. 숍의 문과 창 프레임뿐만 아니라 그 앞 계단까지 금색이었는데 어수선한 건물과 대조를 이루어 꽤 인상적이었다. 공사 중인 다른 층마저 콘셉트로 보일 정도였다. 창 전면에는 액세서리 진열대가, 그 너머로는 노출형 작업대가 있었다. 깊이 있는 구조로 평수가 작지 않아 보였다. 인스타에 올라온 사진으로 유추해 보건대, 아마도 내부에는 도희의 생활공간이 있을 것이다. 금색 문 옆으로는 차 한 대를 주차할 만한 공간이 있었고 안쪽에는 사무실 문이 있었다.

차경은 졸린 눈을 비비며 눈앞의 숍과 아이패드 속 인스타를 번갈아 보았다. 오전에 겨우 잠들었다 깬 후로 다시 잠들지 못했다. 엔티 과제를 구상하는 게 원래의 계획이었지만, 도희의 얼굴을 확인하려고 두 시간 전에 카페에 와서는 줄곧 612 숍만 주시하고 있었다. 허기가 느껴져서 뭐라도 뱃속에 넣어야겠다, 생각하던 차에 금색 문이 열렸다. 차경은 애플 펜슬을 슥슥 돌리던 손장난을 멈추고 숍을 바라보았다.

문밖으로 몸에 딱 달라붙는 원피스에 퍼 재킷을 걸친 여자가 나왔다. 맞다, 도희다. 인식과 동시에 혈관을 도는 피의 속도가 빨라졌다. 원래도 예뻤던 이목구비에 분위기가 더해져 한층 화려해졌다. 차경은 이상하게 들떠 퍼 재킷 사이로 드러나는 몸을 눈으로 좇으며 선을 그어대다가 도희가 빨간색 아우디에 타는 것을 보고서 정신을 차렸다. 메모장을 열어 '3시 10분 외출'이라고 적는데 도희가 탄 아우디가 도로로 나왔다. 차경은 차 번호를 적으며 주의 깊게 바라보았다. 눈앞에서 아우디가 완전히 사라진 후에야 주차장을 향한 CCTV가 눈에 띄었다. 금색 문 위에도 CCTV가 있었다. 두 대의 CCTV를 번갈아 보는 동안 건물 안에서 한 남자가 나왔다. 그리고 그때, 카페 카운터에서 직원과 수다를 떠는 사장의 목소리가 차경의 귀에까지 들어왔다.

"쟤가 하는 일이 CCTV 보는 거 말고 뭐가 있냐."
두 사람의 대화에 따르면 남자는 건물주 아들이었다. 뿔테 안경에 큰 코, 두꺼운 수염이 어우러져 슈퍼 마리오가 떠오르는 얼굴이었다. 차경이 머릿속으로 남자의 얼굴에 모자와 멜빵 바지를 그려 넣는 동안에도 사장과 직원의 수다는 계속됐다. 공사를 끝낼 생각은 하지도 않고 사무실에 CCTV 화면을 틀어두고는 줄

곧 게임만 한다고. 얘기를 들으며 건물을 다시 보니, 슈퍼마리오가 곳곳의 CCTV 위로 점프를 하고 있었다. 띠링띠링 효과음도 들리는 듯했다.

　다음 날도, 그다음 날도 차경은 카페 통창 자리에 앉았다. 고시원에서는 도무지 불안해서 아무 일도 할 수가 없었다. 오늘은 도희를 눈앞에 두고 엔티 과제를 할 계획이다. 카페 사장은 보통 2시 30분쯤에 와서 한 시간 정도 직원과 잡담을 나누었다. 쏠쏠한 정보가 많아서 주변 상황을 파악하는 데 도움이 됐다. 어제는 도희를 두고 남자 친구가 있느냐 없느냐에 대해 떠들어댔는데, 입담이 워낙 좋아서 대화가 끝나는 게 아쉬울 정도였다.

　카페 오픈인 11시에 맞춰 왔더니 612 숍의 검은색 암막 커튼은 이미 열려 있었다. 차경의 아이패드 메모장에는 도희를 관찰한 내용이 빼곡했다. 인스타에 게시물을 올리는 시간대나 방식은 제멋대로였으나 일상생활은 꽤 규칙적이었다. 어떤 게 진짜 도희의 모습인지는 알 수 없었지만 차경은 그 규칙성이 고마웠다. 며칠만에 패턴을 그려볼 수 있게 되었으니까. 10시에 암막 커튼을 열며 영업 시작, 12시에 도시락을 사 와서 점심 식사, 1시에는 약을 먹었다. 천식이 여전한 듯했다. 손님 수는 편차가 심해 평균을 내기 어려웠다. 상대적으로 손님이 적은 2시에서 4시 사이에 한 번씩 외출을 했는데, 목적지는 놀랍게도 교회였다. 피부과나 네일 숍이 아니라 교회에 간다고? 인스타에 꼬박꼬박 교회 출석 사진을 올리는 도희가 차경은 낯설었다. 미국에 있을 때도 성경 구절을 인스타에 가끔 올리기는 했지만, 이 정도로 성실하게 교회에 나갈 줄이야. 차경은 새롭게 알게 된 정보를 꼼꼼하게 메모했다. 이렇게 정보가 쌓이는 동안에도 정작 도희는 제대로 보지 못했다. 대신 페인트 작업하는 기사들만 삔질나게 봤다. 건물을 드나드는 기사들 옆에는 간혹 그 남자, 슈퍼마리오가 따라붙었다.

오늘은 기사들이 보이지 않았다. 페인트 공사가 끝난 걸까? 슈퍼마리오는 주차장에 포르쉐를 세워두고는 한참 동안 세차를 했다. 1층 야외 주차장이 포르쉐 전용석인 모양이었다. 슈퍼마리오는 그야말로 애지중지하며 걸레가 아닌 손수건처럼 뽀얀 천으로 이미 깨끗한 포르쉐를 세심하게 닦고 또 닦았다. 쓸데없어 보이는 그 노동을 차경은 멍하니 바라봤다. 세차가 끝난 후, 묘하게도 차경의 머릿속에는 슈퍼 마리오가 혀를 쑥 내밀어 포르쉐의 보닛를 핥는 상상이 잔상으로 남았다. 그리고 그 상상은 실제와 별 차이가 없는 것처럼 느껴졌다.

*

고시원에 돌아온 차경은 캘린더를 펼치다가 깜짝 놀랐다. 십사 일 중에 나흘이 증발했기 때문이다. 스케치도 뭣도 한 게 없는데 열흘밖에 남지 않았다. 이제는 정말 작업에 돌입할 때였다. 도희의 규칙성 덕분에 불안도 많이 가셨다. 차경은 고시원 방을 둘러보다가 구조부터 바꾸자고 마음먹었다. 졸업 작품을 만들 때 방을 한 번 뒤집은 경험이 있어서 배치를 새롭게 고민할 필요는 없었다. 침대는 세워서 벽에 기대놓고 옷장은 뒤집어 중앙에 작업대로 놓았다. 옷장 뒷면이 약한 감이 있기는 했지만 넓고 평평해서 작업대로 쓰기 좋았다. 단점이라면 잘 공간이 사라졌다는 정도였는데, 어차피 잘 시간이 없었으므로 문제가 아니었다. 공간 정리를 하고 곧장 스케치를 시작했지만 떠오르는 아이디어가 없었다. 재료 조사를 하다 보면 의외의 것들이 튀어나오는 경우가 왕왕 있었기에 차경은 고시원을 나와 재료 상가로 향했다.

비닐, 유리, 목공 재료를 차례로 구경하다가 무심코 세라믹 가게에 들어갔다. 우주선에 쓰인다는 설명이 붙은 세라믹 신소재는 예상보다도 훨씬 비쌌다.

"좀 저렴한 재료는 없을까요? 다루기 쉬운 걸로요."

"학생이 써요? 그럼 이게 나아요. 자르기 쉽고 잘 구부러지거든."

차경은 구부릴 수 있다는 말에 아저씨가 건네는 알루미늄 합판을 받아 들었다. 우주선이라는 단어를 보고 나니 돔 형태의 공간이 떠올랐고, 순식간에 죽죽 디테일까지 그려졌다. 알루미늄 합판으로 돔 모양을 만들고 그 안에 도시를 건설하자. 그래, 이상적인 도시는 우주 도시. 그때까지만 해도 차경은 디자인에 대한 아이디어가 술술 풀린 게 어디서 많이 본 이미지여서라고는 깨닫지 못하고 막혔던 생각이 뚫렸기 때문이라고 믿었다. 다른 가게를 돌며 거침없이 나머지 재료들을 구입했다.

처음에는 알루미늄 합판만 휘어서 돔을 만들려고 했으나 고정이 쉽지 않았다. 결국 차경은 굵은 철사를 사 와서 뼈대를 만들고 그 위에 알루미늄 합판 조각을 붙이는 것으로 방법을 바꾸었다. 철사 틀을 만드는 데만 세 시간이 넘게 걸렸다. 이음을 깔끔하게 하려고 전기 납땜을 했더니 방 안에 매연이 순식간에 차올랐다. 차경은 황급히 창문을 열고 바닥에 널브러졌다. 그러고는 그 상태로 손만 더듬어 핸드폰을 쥐고 인스타에 들어가 612 계정의 게시물을 확인했다. 네 시간 전에 올린 목걸이 사진이 마지막 게시물이었다. 느긋한 마음으로 스크롤을 내리는데 이틀 전에 올린 귀걸이 사진 아래에 달린 댓글의 숫자가 이상했다. 102? 12도 아니고 102라고? 파격 세일가 제품 사진 아래에도 스무 개 이상의 댓글이 달리는 경우는 없었다. 뭔가 싸한 기분이 들어서 차경은 댓글을 열지 못한 채 말풍선 아이콘만 노려보았다. 살점이 뜯어질 정도로 입술 안쪽을 세게 물고 나서야 비로소 말풍선 아이콘을 터치할 수 있었다.

수없이 많은 물음표 사이에 「누구 설명 좀」이라는 댓글이 눈에 들어왔다. 내 말이. 이 사람들이 게시물인 귀걸이 이야기를 하는 게 아니라는 정도는 본능적으로 알 수 있었다. 차경은 최초의 댓글을 향해 돌진했다. 「범죄자」 분명 그렇게 적혀 있었다. 댓글을 단 '바론'이라는 아이디는 차경도 익숙했다. 도희의 대학 친구로 파티나 여행지에서 둘이 함께 찍은 사진을 자주 올렸다. 차경은 곧바로 바론의 계정에 들어갔다.

마지막 게시물이 반클리프 목걸이 공구 관련 사죄문이었다. 피해를 보신 분들께 환불 처리를 해드리겠다는 내용이었다. 그 아래 달린 삼백여 개의 댓글을 쓱쓱 넘겨 보니 고도희에게 입금했다며 환불을 요구하는 사람이 꽤 눈에 띄었다. 둘이 공범이 되어 사기를 쳤던 걸까? 그렇다면 왜 이제 와서 사이가 틀어진 거지? 정확한 내용을 알 수는 없었지만 도희가 위태로운 상황임은 충분히 파악할 수 있었다. 그리고 그 상황은 곧, 차경 자신의 위태로움으로 느껴졌다. 순간 아찔하게 현기증이 일어서 차경은 두 눈을 감았다. 어둠 속에서 심장이 목구멍으로 튀어나올 것처럼 요동쳤다. 눈을 뜨면 더 무서운 것을 보게 될 것만 같아서 차경은 눈을 감은 채로 한참을 있어야 했다.

편의점 계산대에 펼쳐놓은 아이패드 메모장에는 '도희 관찰일지'가 빼곡했다. 유니폼 차림의 차경은 그 아래 여백에 '반클리프 공구 사기', '공범' 등의 단어를 쓰고는 잠시 들여다보았다. 곧이어 핸드폰을 쥐고는 '바론 사기', '고도희 바론', '반클리프 가격', '공구 사기 처벌' 등을 검색했다. 뉴스와 광고, 전문가의 의견 등이 두서없이 쏟아졌다. 정보를 따라 움직이는 차경의 동공은 이상한 빛으로 반짝였고, 액정을 터치하는 손가락은 리드미컬했다. 그러는 중에 메일 알람이 떴다. 엔티 과제 설명회에 대한 안내 메일이었다. 「다음 주 금요일 오후 1시까지 엔티 본관 2층 회의실로 와주세요.」 차경은 작게 한숨을 뱉었다. 이제 구 일 남았다. 작업을 하자니 도희의 상태가 불안해서 미치겠고, 도희를 감시하자니 시간이 없어서 미치겠고, 이래저래 미칠 노릇이었다. 남은 구 일을 어떻게 보내는지에 따라 인생의 기회를 잡느냐, 놓치느냐가 결정된다. 인생의 기회라니. 그 위압감에 짓눌리지 않기 위해, 필사적으로 다리를 달달 떨었다. 진동이 울려 핸드폰을 집어들면서도 차경은 다리 떨기를 멈추지 못했다. 전화를 건 사람은 점장이었다.

"너 핸드폰 작작 보랬지?"

"아, 아닌데."

"아니긴 뭐가 아냐. 내가 다 보고 있구만."

차경은 고개 들어 천정에 붙은 CCTV를 올려다봤

다. 아차, 각도를 틀어야 한다는 걸 깜빡했다. 한 번만 더 핸드폰을 보면 바로 자르겠다는 점장의 목소리가 귀에 꽂히는 동안에도 차경의 시선은 CCTV에 박혀 있었다. 근무 첫날에 점장은 저건 고객 감시용이 아니라 직원 감시용이라고 차경에게 나이스하게 경고했다. 농땡이 부리지 말고 똑바로 하라고. 점장의 의도와 달리, 차경은 핸드폰으로 CCTV를 감시할 수 있다는 기술력에 감탄했다. 편의점에 설치된 카메라 브랜드를 앱에서 찾아본 적도 있었다. 뷰어는 간단하게 설치했으나, 아이디와 비밀번호 입력 단계에서 막혀 그 이상 접근할 수는 없었다. 통화를 마친 차경은 고개를 들어 다시 한번 CCTV를 바라보았다. 빨간 불빛을 쏘는 까만 렌즈가 마치 점장의 눈알 같았다.

7

다음 날 차경은 오픈 시간에 맞춰 카페로 갔다. 어
제는 안 오셨더라고요, 라며 아는 체하는 직원에게
미소를 지어 보이고 싶었으나 그럴 수가 없었다. 눈
이 뻑뻑하고 쓰라린 탓에 미간에 자꾸만 힘이 들어갔
다. 어젯밤에는 한숨도 자지 못했다. 새벽 1시 10분에
올라온 도희의 게시물 「만일 우리가 죄를 자백하면,
그는 미쁘시고 의로우사 우리 죄를 사하시며 모든 불
의에서 우리를 깨끗케 하실 것이요(요한1서 1:9)」를
읽고 또 읽었다. 죄를 자백한다고? 무슨 죄를? 누구
한테, 왜? 질문을 이어 나가다 보니 창밖으로 퍼렇게

동이 텄다. 성경 구절에는 아무런 댓글도 달리지 않았고 이후에 올라온 게시물도 없었다. 그래도 차경은 대비하고 싶었다. 그게 무엇이든. 과제 마감이 급해서 작업할 재료도 챙겨왔다. 건물, 자동차, 나무 미니어처 등은 카페에서도 만들 수 있을 테니까.

612 숍은 오늘도 제시간에 오픈했고 도희는 작업대에서 무언가를 만들고 있었다. 그 모습을 보자 긴장으로 굳어 있던 근육이 스르르 이완되는 느낌이 들었다. 다행이다. 차경은 곧장 작업을 시작하려고 했지만 시선이 자꾸만 도희에게로 가서 집중이 되지 않았다. 그렇게 이십여 분을 날린 후에야 도희 쪽을 향해 핸드폰 카메라를 켜고 동영상 녹화 버튼을 눌렀다. 작업을 끝내고 녹화본을 확인하면 되겠지. 핸드폰 충전기를 챙겨온 자신을 대견해하며 차경은 드디어 작업에 몰입하기 시작했다.

얼마나 지났을까, 도희가 도시락을 사 오는 걸 보니 12시인 듯했다. 차경은 카운터로 가서 커피를 한 잔 더 주문했다. 돈이 아까웠지만 여기서 쫓겨나면

대안이 없으니 눈치껏 행동해야 했다. 잠시 작업의 흐름이 끊어진 참에 녹화한 영상을 돌려 보았다. 도희는 평소와 다를 게 없었고 문제는 포르쉐 쪽에 생겼다. 랜드로버 한 대가 길을 잘못 들었는지 건물 쪽으로 들어왔다가 후진하면서 쿵, 하고 포르쉐를 박았다. 운전자는 바로 내려 양쪽 차량을 확인하더니 주위를 쓱 둘러보고는 그대로 가버렸다. 차경은 고개를 들어 건물을 살폈다. 접촉 사고가 난 장소는 CCTV 화각을 벗어나 있었다. 랜드로버 운전자도 같은 걸 확인한 모양이었다. 차경은 화면에 박힌 랜드로버의 번호판과 612숍 창 너머의 도희를 번갈아 보며 골몰했다. 잠시 후, 결심이 선 차경은 자리에서 벌떡 일어났다.

612숍의 반대 방향, 건물 주차장을 끼고 슈퍼마리오가 평소 들락거리던 방향을 찾아 들어가니 '관리사무소'라고 써 붙인 문이 보였다. 노크했지만 반응이 없었다. 힘주어 손잡이를 당기자, 그대로 문이 열렸다. 차경에게 가장 먼저 달려든 것은 강렬한 소음이었다. 웽웽, 자동차 엔진 소리와 관중의 환호 소리가 뒤섞여 귀를 찔렀다. 눈꺼풀을 몇 번이나 깜빡인 후에야 슈퍼마리오가 레이싱 콘솔 게임 중임을 깨달았다. 슈퍼마리오는 차경을 보지도 않고 말했다.

"함부로 들어오시면 안 돼요. 나가세요."

어이없게도 차경이 처음 느낀 감정은 반가움이었다. 슈퍼마리오를 줄곧 지켜보기만 하다가, 실제로 마주하니 신기하게도 반가웠다. 중앙 모니터에는 CCTV 각각의 화면이 분할 영사되고 있었다. 다른 화면에는 통로가 비추어지는 반면, 612 숍 쪽 CCTV 화면에는 카페 창가 자리에서는 볼 수 없던 작업대 너머의 생활공간까지 훤히 드러났다. 아, 하고 막혔던 뭔가가 시원하게 뚫리는 기분이었다. 모니터 프레임에는 이런저런 숫자가 적힌 포스트잇이 여러 장 붙어 있었다. 차경이 그것들을 유심히 바라보는데 슈퍼마리오가 게임패드를 손에서 내렸다.

"어떻게 오셨는데요?"

차경은 슈퍼마리오의 눈을 똑바로 바라보며 본론을 꺼냈다.

"좀 전에 그쪽 차를 누가 박고 가서요."

촬영된 영상을 보여주자 슈퍼마리오는 영상 속 랜드로버와 차경을 번갈아 보았다. 그러고는 고맙다는 말도 없이 문밖으로 튀어나갔다. 조심성이 있는 사람이라면 낯선 사람이 왜 이런 정보를 알려주는지 의심하겠지만, 포르쉐와 기묘한 사랑에 빠진 슈퍼마리오는 그러지 않았다. 차경에게는 다행이었다.

혼자 사무실에 남겨진 차경은 버릇처럼 모서리부터 살폈다. 과거 취조실에서 모서리에 박힌 CCTV를 의식한 후로는 어떤 장소에 가든 감시 카메라부터 확인하게 되었다. 그런데, 없다. 없구나. 건물의 모든 CCTV를 지켜볼 수 있는 이곳에는 CCTV가 없구나. 감시당하지 않는 유일한 공간. 그것이 바로 권력이라는 생각이 들었다. 창문의 블라인드를 살짝 걷어보니, 슈퍼마리오가 포르쉐 앞에 서서 통화를 하고 있었다. '형님', '지금', '당장' 같은 단어가 띄엄띄엄 들렸다. 차경은 뭐라도 해야겠다고 생각하며 다급히 둘러보았다. 도어락이 눈에 들어왔다. 곧장 걸음을 옮겨 도어락 뚜껑을 열고 건전지를 뺐다. 이윽고 사무실을 나와 태연히 고개인사를 하며 슈퍼마리오를 지나쳤다. 통화를 막 마친 슈퍼마리오가 차경을 불렀다.

"저기요, 여기."

걸렸나? 차경이 어금니를 깨물며 고개를 돌리자 슈퍼마리오가 제 핸드폰을 건네며 번호를 찍으라고 했다. 번호요? 차경이 쳐다보기만 했더니 슈퍼마리오가 목소리를 키웠다.

"사례비 챙겨드릴 테니까 번호 찍으라고요. 핸드폰 번호 있을 거 아네요."

차경이 핸드폰에 제 번호를 입력하고 건네자, 슈퍼마리오는 통화 버튼을 누르면서 명함 하나를 들이밀었다. 번호 교환을 자주 해봤는지 행동에 막힘이 없었다. 원준. 슈퍼마리오의 이름이었다. 이름 아래에 적힌 이사 직함 외에 전화번호와 주소, 그게 다였다. 도대체 뭐 하는 사람인지 궁금증만 자아내는 희한한 명함이었다.

"방금 보여준 영상 보내주시고요."

아, 그게 필요했던 거구나. 차경은 다시 고개인사를 한 후에 돌아섰다. 도망치는 것처럼 보이지 않기 위해 최대한 천천히 걸음을 옮겼다. 카페로 돌아와 창가 자리에 앉자마자 사무실에서 봤던 CCTV 브랜드의 앱을 핸드폰에 깔았다. 기기에 접속하려면 아이디와 비밀번호를 입력하라는 경고창이 떴다.

잠시 후, 포르쉐가 완전히 시야에서 사라지자 차경은 벌떡 일어섰다. 곧이어 무엇에 홀린 사람처럼 사무실로 들어갔다. 내가 지금 뭘 하는 거지? 라는 질문은 한 박자 늦게 따라왔다. 건전지를 빼둔 덕에 문은 저항없이 열렸다. 차경은 책상으로 가서 앉았다. 모니터 프레임에 덕지덕지 붙은 포스트잇을 하나씩 손가락으로 짚으며 살폈다. 와이파이 비밀번호 같기도 하고, 공인인증서 비밀번호 같기도 한 숫자와 알파벳의 조합을 CCTV 앱에다 하나하나 입력해 봤다.

5회, 4회, 3회로 입력제한 횟수가 줄어드는 동안 차경은 입술 안쪽을 잘근잘근 씹었다. 결국 딱 한 번의 기회를 남기고서야 현실을 받아들였다. 이런 식으로는 알아내지 못할 것이다. 도어락 뚜껑을 열고 건전지를 도로 채워 넣는 차경의 손가락이 자꾸만 미끄러졌다.

*

만일 우리가 죄를 자백하면, 그는 미쁘시고 의로우사 우리 죄를 사하신다고? 진짜 그래 준다고? 고시원에 모로 누워 인스타를 들여다보던 차경은 이래서는 안 되겠다고 생각했다. 도희가 진짜 자백할까 봐 불안해서 과제 작업이 도무지 손에 잡히지 않았다. 다시 카페로 갈까? 그나마 도희가 눈앞에 있으면 좀 낫지 않을까? 고민하는데 핸드폰이 울렸다. 원준이었다. 덕분에 접촉 사고를 원만하게 처리했다며 차경에게 사례하겠다고 했다. 차경이 괜찮다고 전화를 끊으려는데 원준의 목소리가 차경의 신경을 잡아끌었다.

"카페에 자주 오신다면서요? 내일도 나오세요? 제가 카페로 갈게요."

카페 직원에게 나에 대해 물어본 건가? 뭐라고 물었지? 혹시 지켜보고 있었나? 나는 기억에 남을 만한 인상이 아닐 텐데? 머릿속이 복잡해져 대답을 못 하는 동안 원준은 다른 생각을 하고 있던 모양이다.

"작업 걸거나 그런 거 아니고요, 진짜 감사해서 그래요."

작업이든 감사든 내 알 바 아니고요, 속으로 중얼거리던 차경의 머릿속에 불현듯 CCTV 앱 경고창의 공란이 떠올랐다. 이것이야말로 내 알 바라는 생각이 들었다. 좀 수상하면 어떤가, 공란을 채워줄 수 있는 사람인데. 차경에게는 원준이 필요해졌다.

"그럼 제가 갈게요."

차경이 약속 시간에 맞춰 건물 앞으로 가니 원준이 포르쉐 조수석 문을 열어주었다. 예상치 못한 제안을 차경은 허둥대며 거절했다. 시간이 별로 없어서 바로 가봐야 한다고, 그냥 여기서 말씀하시라고. 원준이 인상을 살짝 찌푸리며 말했다.

"커피 한잔 사드리려고 했는데. 이러시면 제가 진짜 이상한 사람 같잖아요."

은근히 책임을 전가하는 듯한 원준의 화법에 차경은 거듭 시간이 없다고 대꾸했다. 그리고 그건 차경에게 남은 몇 안 되는 진실 중 하나이기도 했다. 원준은 고개를 휙휙 젓더니 오케이, 오케이라고 말했다. 그러고는 기깔나게 맛있는 커피를 사 올 테니 잠깐 기다려 달라며 사무실 문을 열어주었다. 행동과 목소리가 모두 커서 묘하게 상대방을 위축하게 만들었다. 원준이 시야에서 멀어지다 완전히 사라지자, 차경은 모니터를 살폈다. 어제는 정신이 없어서 알아채지 못했는데, 612라고 적힌 화면이 하나 더 있었다. 그 CCTV는 처음 보는 문과 복도를 비추고 있었다. 차경은 612 숍 내부에 문이 더 있을 거라는 생각은 하지 못했다. 집중해서 화면을 살펴보다가 마우스를 잡았다. 모니터 화면의 여기저기를 뒤져 간신히 CCTV

로그아웃 버튼을 찾아냈다. 접속을 끊겠냐는 팝업창에 ok를 누르니 모니터 속 화면들이 순차적으로 꺼졌다. 화면이 완전히 꺼진 것을 확인한 후, 차경은 주변을 찬찬히 둘러보았다. 오른쪽 귀퉁이에는 유성페인트와 시너가 말통으로 여럿 쌓여 있었다. 그 앞에는 빈 통에 롤러와 붓 등이 담겨 있었다. 페인트 작업이 아직 끝나지 않았나? 보관용이라면 붓과 롤러를 저렇게 두지는 않았을 것이다. 책상 위는 게임 박스들로 어수선했고 그 가운데 표지가 화려한 책자가 눈에 띄었다. 유명 결혼정보회사의 로고가 크게 박힌 책자를 휘리릭 넘겨보니 등급별 금액표 중 상위 1%를 위한 서비스, 로열블랙에 체크된 것이 보였다. 눈 앞의 정보만으로도 차경은 원준이라는 사람에 대해 알게 된 것 같았다. 뭐든 펼쳐놓는 사람, 굳이 숨길 필요가 없는 사람, 남 눈을 신경 쓰지 않는 사람. 원준의 기척에 놀라 차경은 브로셔를 닫으며 벌떡 일어섰다.

"제가 뭐 잡아먹습니까? 뭘 그렇게 깜짝깜짝 놀라요?"

손에 든 커피를 건네며 원준이 말을 이었다.

"주변에서 특이하다는 얘기 많이 듣죠? 상당히 특이하세요. 대체 뭐 하는 사람이지? 명함 같은 거 있음 줘봐요."

그러고는 손바닥을 들이밀었다. 차경은 원준의 호감이 필요했으므로 스스로 생각하기에 가장 매력적인 정보를 흘렸다.

"나오면 드릴게요. 엔티에 입사할 예정이거든요."

"엔티? 거기 엄청 잘나가는 회사 아녜요? 능력자시구나. 혹시 올해 졸업이에요?"

그렇다고 하니까 곧바로 그럼 몇 년생이냐고 물었다. 차경이 나이를 말해주자 원준은 귀가 아플 정도로 짝, 소리가 나게 손뼉을 치며 말했다.

"우리 같은 띠네요. 제가 또 띠동갑이랑 천생연분이라고 그러더라고요."

그러면서 묻지도 않았는데 그 말을 한 도령이 얼마나 용한지를 늘어놓았다. 자기 엄마가 수년간 못 찾던 땅문서가 장롱 바닥에 깔려 있다는 걸 알려줬다고, 진짜 기가 막히지 않냐고. 기쁨으로 번들거리는 원준의 얼굴을 보자 지금이 알릴 때라는 판단이 섰다.

"저기, 아까 화면이 까맣게 바뀌던데 괜찮은 거예요?"

차경을 따라 시선을 옮기던 원준이 놀라며 컴퓨터로 다가갔다. 이것저것 살펴보더니 단순한 시스템 오류라고 판단한 듯했다. 차경은 원준의 손놀림을 집중해서 지켜보았다. CCTV 로그인 페이지를 열고는 손끝으로 노란 포스트잇 중 하나를 짚으며 알파벳과 숫자를 넣었다. 비밀번호는 그 아래 7로 시작하는 10자리. 화면이 순서대로 열리는 것을 확인한 후, 원준은 핸드폰을 들여다보다가 잠시 나갔다 오겠다며 일어섰다. 차경은 원준의 등에 대고 목소리 톤을 의식적으로 낮추며 그러세요, 하고 말했다.

원준이 나간 후 차경은 곧바로 앱을 열어 조금 전에 봤던 아이디와 비밀번호를 넣었다. 그러자 난데없이 알람 소리가 울려 행동을 멈추었다. 중앙 모니터에 뜬 공유 접속 경고창에 '허용'과 '차단' 두 가지 선택지가 나타났다. 커다란 손이 차경의 머리통을 꽉 쥐었다가 놓아주는 것만 같았다. 피가 돌며 얼굴이 저릿했다. 차경은 '허용' 버튼을 재빨리 클릭하고서 자신의 핸드폰을 확인했다. CCTV 화면이 우르르 펼쳐졌다. 그중에서 612 숍을 선택해 확대했다. 됐다. 이제 언제든지 도희를 핸드폰으로 감시할 수 있다. 만족감이 뱃속에 들어차며 따뜻한 열기를 만들던 그때, CCTV 화면에 낯익은 뒤통수가 나타났다. 저건 원준인데? 조금 전에 나갔던 원준이 도희에게 카드를 내밀고 있었다. 대체 뭘 하는 거지? 차경은 눈을 깜빡이지도 않고 화면을 봤다. 얼마 안 있어 원준이 612 숍을 나가는 것을 보고 차경은 자리에서 일어섰다. 핸드폰 안에 도희가 있으니, 여기서 할 일은 끝났다. 사무실로 들어오는 원준에게 차경은 예의를 갖춰 말했다.

"이제 가보겠습니다."

원준은 차경에게 쇼핑백을 내밀며 이거라도 가져가라고 했다. 날 주려고 산 거였구나. CCTV 속 원준

119

의 행동이 이해되자 저도 모르게 웃음이 나왔다. 어느새 차경의 손에는 612 숍의 쇼핑백이 들려 있었다.

고시원으로 돌아와 열어본 쇼핑백 안에는 팔찌가 들어 있었다. 얇은 줄 세 개를 겹친 심플한 모양의 팔찌였다. 모든 액세서리를 수작업으로 만들고 있다는 제품 소개 카드의 마지막 장에는 팔찌의 품명, 중량, 호수 등이 적힌 보증서가 있었고 하단에 스마일 모양을 변형한 사인이 있었다. 차경은 그 사인을 가만히 바라보다가 손가락 끝으로 만져보았다. 프린트가 아니라 펜으로 눌러 쓴 사인이었다. 도희가 잡았을 펜의 무게가 손끝으로 전해지는 듯했다.

8

　사무실에서 처음 로그인한 이후로 차경은 CCTV 앱을 닫은 적이 없었다. 고시원에서 우주선 같은 돔 모양의 도시를 만들면서도, 잠깐씩 쪽잠을 자면서도 화면은 계속 켜뒀다. 핸드폰 배터리가 다 닳은 걸 보고 허겁지겁 충전기를 꽂아낸 게 몇 번인지 모르겠다. 도희가 숍으로 돌아와 작업대에 도시락을 펼쳐놓는 것을 보고서야 점심시간이 됐음을 깨달았다. 차경은 메모장에 '12시 점심 도시락'이라고 써두고 유일한 취사도구인 커피포트에 물을 끓였다. 탈칵, 소리에 맞춰 구석에 쌓여 있는 컵라면 중 하나를 꺼내 물을 부었다. 도희가 도시락을 먹는 걸 지켜보자니 허기가 밀려와 삼 분을 기다리는 것조차 힘겨웠다.

딱딱한 면을 후루룩 빨아들이자 몸에 잔털이 서면서 떨렸다. 마지막 식사가 어제 아침이었나? 아니, 그저께 저녁인가? 어금니를 움직여 면을 으깨고 국물을 마시는 사이사이에도 차경의 시선은 도희에게 꽂혀 있었다. 그래서인지 꼭 같은 공간에서 함께 식사하는 느낌이 들었다. 도희는 몇 입 먹지도 않고 포크를 내려놓더니 핸드폰을 들었다. 잠시 후, 차경의 인스타에 알람이 울렸다. 도희의 계정에 새 게시물이 떴다는 알림이었다. 털이 삐죽삐죽한 새끼 고양이 사진 아래에는「생일 축하해.」라고 적혀 있었다. 곧이어 달린 댓글에 낯익은 이름이 보였다.「우리 혜미를 기억해 줘서 고마워.」오늘이 혜미 생일이라고? 생일은 6월 12일 아닌가? 차경은 느닷없이 떠오른 날짜에 놀랐다. 아, 그날은 죽은 날이지. 기억 저 너머로 콧소리가 섞인 혜미의 목소리가 들려왔다.

"봐봐, 귓속이 꼭 푸딩 같애."

고양이가 돌아다니는 카페에 간 건 순전히 혜미가 졸라서였다. 끔찍하게 많은 고양이들이 테이블, 의자, 선반 위를 어슬렁거렸다. 차경은 자신이 고양이들에게 둘러싸이면 그대로 얼어붙는다는 사실을 그날 처음 알았다. 도희가 털이 삐죽삐죽한 새끼 고양이의 머리통을 쓰다듬자 혜미가 고양이를 뺏어 들며 말했다.

"너는 만지지 마."

도희가 혜미 품에 안긴 고양이를 움켜쥐었다. 손아귀 힘이 강했던지 새끼 고양이가 조그만 입을 벌리며 하악질을 했다. 혜미는 거의 울 듯한 표정을 지으며 쏘아붙였다.

"너 그때 고양이도 태워 죽일라 그랬잖아."

"오바 좀 하지 마."

"무슨 오바야. 꼬리 태웠잖아. 아니야?"

혜미가 따지자, 도희는 새끼 고양이의 머리통을 부드럽게 쓰다듬으며 답했다.

"뭐래, 그때 고양이 잡아다 묶은 게 너잖아. 갑자기

123

타로 보고 와서는 전생에 고양이었다, 이 지랄 하면서 캣맘처럼 굴고 있어. 혜미야, 하나만 해."

"야, 전생이 아니라, 원래 고양인데 사람으로 태어난 거라니까?"

"그니까 그게 무슨 개소리예요."

"고양이 괴롭히지 마, 고도희. 내가 복수할 거야."

혜미의 말이 끝나기가 무섭게 도희가 이를 드러내며 하악질을 했다. 조금 전에 봤던 새끼 고양이의 얼굴이 순식간에 도희의 얼굴에 겹쳐졌다.

*

핸드폰 벨 소리에 차경은 정신을 차렸다. 절반쯤 남은 컵라면은 퉁퉁 불어 있었다. 다급하게 핸드폰 앱을 열어 도희를 찾았다. 고개를 쳐들고 약을 먹는 게 보였다. 한 시구나. 차경은 그제야 안도하며 길게 기지개를 켰다. 아니, 켜려고 했으나 손에는 책상이, 발에는 벽이 닿아서 제대로 펼 수가 없었다. 팔과 다리를 되는 대로 버둥거리다가 메모장을 다시 열었다. '1시 천식약 복용.' 도희는 어김없이 이 시간에 천식약을 먹었다. 보는 사람마저 뿌듯하게 만드는 규칙성이었다. 차경이 만족스러운 눈길로 도희의 일과를 훑는데 원준에게서 전화가 왔다. 조금 전에 울린 전화도 원준이 했었나 보다. 차경은 목을 가다듬고 통화 버튼을 눌렀다.

시간이 없다고 말해도 원준은 끈질기게 만나자고 했다. 아무리 바빠도 밥은 먹어야 하지 않느냐면서. 주소를 알려달라는 원준에게 차경은 고시원을 노출하고 싶지 않아서 사무실에서 만나자고 했다. 시간은 편의점 알바에 맞춰서 정했다. 식사하고 바로 이동할 수 있도록.

약속 시간보다 조금 일찍 도착한 차경은 사무실 옆 기둥에서 우편함을 발견했다. '1F 612' 칸에 뭔가 붙어 있었다. 다가가 보니 등기를 수령하라는 우편물 도착 안내서였다. 보낸 분은 대한민국 법원. 법원이라는 단어가 차경의 얼굴을 후려치는 듯했다. 할머니에게 가장 많은 우편물을 보내준 곳이 바로 법원이었다. 공공기관에서 하는 일에 대해 학교에서 배우기 전까지 차경은 법원이 편지를 보내주는 곳이라고 생각했다. 그것도 안 좋은 소식이 담긴 편지를. 법원에서 온 우편물을 뜯어볼 때면 할머니의 시팔은 어느 때보다 드세졌기에 차경은 봉투를 보는 것만으로도 마음이 서늘해지고는 했다. 우편물 도착 안내서를 바라보는 차경의 두 눈에 힘이 들어갔다. 원준이 불러주지 않았더라면, 차경은 한참을 더 그렇게 서 있었을 것이다.

사무실로 들어가며 원준은 차경에게 거기서 왜 멍때리고 있었냐고 물었다. 테이블 위에는 햄버거, 조각 케이크, 커피 등이 차려져 있었다. 차경은 그냥 생각 좀 했어요, 하며 궁색하게 얼버무렸다.

"하여간 특이하시다니까."

원준은 다른 데 가자고 안 할 테니까 이거라도 먹

고 가라고 했다. 원준의 손짓대로 소파에 앉았는데 푹신한 쿠션에 등과 엉덩이가 닿자 근육이 곧바로 이완되었다. 차경은 지난 일주일 동안 제대로 누워서 잠을 자지 못했다. 앉아서 한두 시간 정도 잔 게 전부라, 시도 때도 없이 졸음이 몰려오거나 별것 아닌 소리에도 놀라곤 했다. 조금 전 우편함 앞에서 놀랐던 것처럼. 그래, 잠을 못자서 과민한 걸 거야. 그래서 그런 걸 거야. 차경은 도희 앞으로 온 법원 등기를 머릿속에서 밀어내며 햄버거를 집어 들었다. 그러자 손목에 찬 팔찌가 드러났다.

"잘 어울리네요. 역시 내가 눈썰미가 있다니까."

차경은 미소 지은 후, 입을 벌려 햄버거를 베어 물었다. 이게 뭐지? 분명 입에 넣은 건 햄버거인데 차경이 아는 햄버거 맛이 아니었다. 번, 소고기 패티, 토마토, 양상추, 재료의 맛이 하나하나 느껴져 어리둥절했다. 햄버거를 우물거리는 차경의 표정이 안 좋았던 모양이다.

"입에 안 맞으면 그만 먹어도 돼요. 옆에 치즈케이

크 괜찮아요. 드셔보세요."

원준의 배려는 고마웠지만, 차경은 무엇도 더 먹고 싶지 않았다. 고작 한 입만으로도 호사스러워서 더 먹었다가는 탈이 날 것만 같았다. 햄버거를 조용히 내려놓고 물을 한 모금 마셨다.

원준과의 관계에 대해 생각하다 보면 거미줄에 걸린 벌레의 이미지가 떠올랐다. 처음에 차경은 자신이 거미인 줄 알았다. 자기가 짠 줄에 원준이 걸려든 거라고 생각했으니까. 하지만 아니었다. 원준이 짠 줄에 걸려 버둥거리는 벌레가 자신이었다. 관계란 때로는 의지와 상관없이 이어진다는 걸, 차경은 원준을 통해 깨달았다. 그리고 그 수동적 상태는 모든 것을 스스로의 힘으로 일궈내야 했던 차경에게 꽤나 매혹적이었다. 이후 차경은 종종 벌레에게 자신의 감정을 덧입혀 보곤 했다. 거미줄에 걸린 기분이 그리 나쁘지만은 않았을 거라고. 다가오는 거미를 보면서 어쩌면 안도했을지도 모르겠다고.

원준은 시도 때도 없이 전화를 걸어 차경이 묻지도 않은 자신의 일상을 늘어놓았다. 몇 번 통화를 하다 보니 포르쉐 동호회, 골프, 식사, 술, 사우나 등 원준의 일과 시간표가 대충 그려졌다. 그중에서도 특히 동호회를 끔찍하게 여겼는데, 형님들 몇몇과 지방으로 레이싱을 다니며 노는 게 전부인 모임이었다. 형님. 그래, 형님.

차경이 초등학교에 들어갈 무렵, 할머니는 시장 한 귀퉁이 노상에서 나물을 팔았다. 차경이 대신 자리를 지킬 때를 대비해 할머니는 팁을 알려주었다. 뭐든 팔아먹으려면 손님을 잘 관찰해야 한다고. 손님의 입에서 나오는 존칭이 선생님인지, 사장님인지 잘 들었다가, 맞춰서 불러주면 좋아할 거라고. 하지만 손님들의 존칭까지는 들을 수 없었기에 차경은 입도 벙긋하지 못했다. 할머니가 돌아와 그대로 쌓인 나물을 보며 이 화상은 알려줘도 들어먹지를 않는다며 한탄했으나, 그건 사실이 아니었다. 제대로 팔아먹으려면 상대를 관찰해야 한다는 그 교훈은 마음속에 단단히 뿌리를 내렸으니까. 차경은 이번에야말로 상대의 호칭을 제대로 불러줄 기회라고 생각했다. 하지만 안타깝게도 원준의 존칭은 선생님도 사장님도 아닌 형님이었다. 공업사 사장도 아는 형님, 무슨 배우도 아는 형님, 사업가 누구도 아는 형님. 차경은 이번에도 입도 벙긋하지 못한 채 듣기만 했다. 원준과 대화를 한다는 건 수많은 형님의 이야기를 듣는 것과 같았다. 그래도 꾹 참고 들었다. 어찌나 온 힘을 다해 참았던지 원준이 우리 참 잘 맞네요, 하고 말할 때는 웃어줄 힘조차 남아 있지 않았다.

원준이 집까지 데려다준다는 걸 뿌리치고 사무실을 나오던 차경은 달짝지근한 향수 냄새와 함께 밀려드는 비릿한 살냄새에 멈춰 섰다. 머릿속으로 향기의 출처를 파악하기도 전에 동공이 확장됐다. 도희다. 손을 뻗으면 닿을 위치에 도희가 서 있다. 오른손 합곡 혈의 점이 바늘로 콕 찔리는 듯한 통증이 느껴졌다. 한동안 잊고 있었던 생생하고 구체적인 감각에 놀라 온몸에 엷게 소름이 돋았다. 뒤따라 나오던 원준이 도희를 보고 인사를 건넸다.

"안녕하세요?"

"아, 안녕하세요."

두 사람이 인사를 주고받는 틈을 타 차경은 몸을 돌리려고 했다. 하지만 온몸의 세포가 이미 합곡 혈점에 쏠려 있어서 다른 지시를 받아들이지 못했다. 도희가 원준에게서 시선을 거둬 차경에게로 옮겼다. 무언가를 말하려는 듯 입술이 벌어지는 순간, 차경의 몸이 극적으로 지시를 받아들였다. 차경은 몸을 돌려 도희에게서 멀어졌다.

*

편의점에 도착해 유니폼으로 갈아입는데 핸드폰이 진동했다. 원준이었다. 싸한 기분이 들었지만 일단 상황을 파악해야 했다. 차경은 통화 버튼을 눌렀다.

"고등학교 성심여고 나왔어요?"

싸한 기분은 빠르게 절망감으로 바뀌었다. 차경이 대답하지 않고 가만히 있자 원준 혼자 말을 이었다.

"아까 마주쳤는데, 고도희 씨라고. 차경 씨 이름을 듣더니 안대요."

차경은 한 호흡을 쉬고 입을 열었다.

"그래요? 신기하네요."

"신기하죠? 도희 씨도 엄청 반가워하더라고요. 그래서 제가 차경 씨 번호 알려줬어요."

"제 번호를 줬다고요?"

원준이 뭐라고 뒷말을 붙였지만 제대로 들리지 않았다. 원준과 통화를 마치고 카운터에 서서 차경은 한 가지 사실만 계속 곱씹었다. 도희가 내 번호를 알고 있다. 그렇다면 어떻게 대비해야 할까? 지금 당장 뭘 해야 할까? 도희는 언제 들이닥칠까? 질문이 이어질수록 답에 가까워지는 게 아니라 도리어 멀어지는 듯했다. 온통 흐릿하고 아득했다. 하지만 그러는 동안에도, 짙은 안개 속에서도, 구원과도 같은 빛이 멀리서 반짝였다. CCTV. 차경은 거의 두 손을 모으고 서 612 숍의 CCTV를 바라보았다.

9

청담동 거리는 낮과 달리, 인기척이 느껴지지 않았
다. 아르바이트를 하는 동안 어찌나 마음을 졸였는지
한 걸음 한 걸음이 버거웠다. 오른발 다음 왼발을 억
지로 옮기는 중에도 도희를 만나러 가는 게 옳은 선
택인지, 확신이 들지 않았다. 핸드폰 속 도희의 목소
리에는 반가움이 컸다. 정말로 도희는 차경이 반가운
듯했다.

"어떻게 딱 널 만나니? 이제야 내 기도를 들어주신
거야. 얼마나 감사할 일이니?"

그 말을 듣자 차경도 불현듯 깨닫게 되었다. 과거

어느 때처럼 자신도 오만가지 신에게 빌고 있었음을. 불을 질러도 좋고 깨부숴도 좋으니, 도희가 언제 올지만 미리 알려주세요, 하고. 도희의 신이 기도를 들어준 건지, 오만가지 신이 응답을 해준 건지는 알 수 없었다. 지금 당장 만나러 와달라는 도희의 요청에 차경은 거절할 구실을 찾지 못했다.

612 숍 앞에 서서 차경은 호흡을 골랐다. 통창에는 암막 커튼이 쳐져 있어 내부가 보이지 않았다. 금색 문에 자신의 얼굴이 흐리게 비쳤다. 차경이 힘주어 밀었으나 문은 열리지 않았다. 벨을 누르자 곧장 문이 열리고 도희가 나왔다. 도희는 얼굴 근육을 어색하게 씰룩거리다가 이내 아름다운 미소를 지어 보였다. 그동안에도 차경은 어떤 표정을 지어야 할지 선택하지 못했다. 도희가 차경의 손을 잡아끌어 자신의 점과 합곡 혈의 점을 포갰다.

"합체."

612 숍 안으로 들어가자 도희는 조금만 기다려 달

라고 했다. 안내받은 소파에 앉으며 차경은 오른손을 들어 살펴보았다. 느낌은 분명 불에 덴 것처럼 홧홧했는데 점은 벌게지지도 커지지도 않았다. 평소처럼 회갈색에 지름 1.5밀리미터 정도의 크기 그대로였다. 차경은 괜히 청바지에 오른손을 쓸어내리며 주변을 둘러봤다. 숍 내부는 화면으로 봤을 때보다 훨씬 더 고급스러웠다. 벽의 모서리 마감이나 바닥 재질까지 신경 쓴 티가 났다. 곳곳에 놓인 가구 또한 심플하지만 단순하지는 않은 디자인으로 공간의 격을 높이고 있었다. 두리번거리던 시선 끝에 CCTV가 닿았다. 차경은 까만 렌즈를 가만히 응시했다. 자신이 관찰하던 세계 속으로 들어와 있다는 그 아찔함에 멀미가 일었다.

조금 뒤에 도희가 커피와 쿠키 등이 담긴 트레이를 테이블에 내려놓으며 차경의 앞에 앉았다.

"난 있지, 이건 계시라고 생각해."

계시? 무슨 계시? 영문을 알 수 없어서 차경은 고개를 들었다. 자신을 보고 있던 도희와 눈이 마주쳐서 차경은 다급하게 시선을 내렸다. 도희가 계속해서 자신을 바라보는지 볼 쪽이 간지러웠다. 차경은 볼을 씰룩거리며 앞에 놓인 커피잔을 집어 들었다. 그러자 도희의 시선이 볼에서 팔찌로 옮겨갔다.

"니가 엔티 다닌다는 여자친구야? 난 이번에도 거짓말인 줄 알았지."

원준은 전에도 몇 번이나 여자친구에게 줄 거라며 팔찌나 목걸이를 사 갔다고 했다. 도희가 차경을 빤히 보며 말했다.

"너니까 해주는 말이야. 조심해, 너."

차경이 눈을 동그랗게 뜨자 도희가 말을 이었다.

"그 이사 말이야. 너무 들이대서 나 숍 옮길라 그랬잖아, 몰랐지?"

몰랐던 건 맞지만 별로 중요하게 느껴지지 않았다. 중요한 건, 난데없이 도희가 차경 쪽으로 밀어주는 서류봉투였다.

"그때 안 옮기길 잘했지. 이렇게 널 만났잖아."

도희는 동업하던 친구와 사이가 틀어졌는데, 그 후로 친구가 변호사를 선임해 자기를 공격한다며 간단

137

한 작업을 해달라고 했다. 별일 아니라는 투로 말해서 차경은 하마터면 그렇구나, 하고 서류봉투를 집어들 뻔했다. 정신을 차리려고 고개를 가로저었더니 그걸 본 도희가 대신 서류봉투를 열었다. 그리고는 영어로 된 서류 하단에 찍힌 도장을 가리켰다.

"이 도장만 만들어줘. 너 잘하잖아. 내가 미국에서 시민권 만드는 애들도 봤는데, 네 솜씨만 못하더라. 어떻게 알고 이렇게 널 딱 보내주시냐. 감사합니다, 주여."

도희는 눈을 감으며 성호를 그었다. 도장을 위조하라고 날 보내주셨다고? 그게 무슨 개소리지?

"이걸 내가 왜 해?"

도희를 만나고 처음 내뱉은 말이라 목소리가 갈라졌다. 차경이 흠흠 목을 가다듬는 동안 도희가 눈웃음을 지으며 말했다.

"그럼 너 말고 누가 해. 혜미가 해? 걔는 이제 없잖아. 그러니까 니가 해야지."

도희의 입 밖으로 흘러나온 그 이름이, 차경의 귀

를 날카롭게 파고들어 머릿속을 쿡 찔렀다. 도희는 아직까지도 혜미의 엄마와 연락하며 지낸다고 했다.

"혜미가 그렇게 죽은 게 너무 억울해서 걔네 엄마 아직도 화방 주인이랑 택시 기사를 따라다니며 괴롭힌다더라. 그런데 니가 한 짓을 안다고 생각해 봐. 혜미 엄마가 얼마나 달려들 거야. 이제 너도 잃을 게 생겼잖아. 엔티 들어가는 거 어렵다며? 우리 아빠가 거기 본부장이랑 완전 친해."

한꺼번에 너무 많은 정보가 쏟아져 속이 울렁거렸다. 가만히 있다가는 다 덮어쓰게 될 것만 같은데, 어디서부터 뭘 어떻게 바로잡아야 할지 알 수가 없었다. 궁색하게 찾은 대답이 고작 이거였다.

"증거 있어?"

순간, 도희가 차경을 향해 상체를 숙였다. 껴안으려는 줄 알고 놀란 차경은 몸을 소파에 바싹 붙였다. 뒤통수 쪽에 도희의 손이 닿아서, 고개를 돌리다가 그대로 얼어붙었다. 아날로그 다이얼 옆에 이빨을 드러낸 호랑이가 있었다. 악몽 속 모습 그대로. 반들반들 광이 나는 송곳니에 시선을 둔 채 차경은 움직일 수가 없었다. 도희가 섭섭하다는 표정으로 말했다.

"기억 안 나? 내가 있다고 했잖아."

펄 매니큐어 작업을 하지 못했던 오만 원권 아홉 장. 그걸 진짜로 가지고 있었구나. 그때 어떻게 해서든 챙겨왔어야 했는데. 날카로운 후회가 차경을 사정없이 찔러댔다. 도희는 내일까지 완성해 달라며 서류 봉투를 차경의 손에 들려줬다. 차경은 눈꺼풀을 빠르게 깜빡이며 간신히 정신을 차렸다. 금요일이 과제 설명회라는 게 떠올라 시간을 미뤄달라고 했다. 도희는 너그러운 미소와 함께 이렇게 말해주었다.

"천천히 작업해서 금요일 저녁까지 가져 와."

*

고시원 방 안에 웅크린 차경은 핏발 선 눈으로 도희가 떠넘긴 서류를 노려보았다. 다음 주 금요일까지는 닷새 남았다. 그때까지 과제와 도장을 완성해야 한다. 그렇게 속으로 되뇌어 보았지만, 이상하게도 둘 다 실감이 전혀 나지 않았다. 고통이 역치를 넘어가면 뇌에서 통증을 억제하는 호르몬이 나온다던데, 그래서일까? 핸드폰 속 도희는 무슨 생각인지, 아까부터 홀 소파에 웅크리고 있었다. 차경은 천천히 시선을 옮겨 소파 뒤를 바라봤다. 앱 화면은 화질이 좋지 않아서 금고가 제대로 보이지 않았다. 하지만 차경은 알고 있었다. 그곳에 호랑이 얼굴 장식이 붙은 금고가 있다는 걸. 눈꺼풀이 점점 무거워지나 싶더니, 갑자기 눈이 번쩍 떠졌다. 금고였구나! 순간적으로 깨달음이 몰려왔다. 그래, 금고여야 한다. 이상적인 도시는 곧 안전한 도시. 우주선이 아니라 금고가 맞다. 차경은 엔티 과제를 어떻게 완성해야 할지 마침내 확신이 섰다. 면접관들이 도장 위조 시간을 감안해서 과제를 봐줄 리 없다. 과제부터 완성하자. 건물이나 사람, 나무 등의 미니어처는 이미 제작을 해뒀으니 구조를 바꾸어도 제시간에 완성은 가능하다. 원형으로 만들어둔 외부 틀만 금고 형태로 변형하면 된다. 오랜만에 머릿속의 톱니바퀴들이 맞물려 착착 돌아가는 느낌이 들었다. 작은 바퀴가 돌아가면서 커다란 톱니가 자연스럽게 작동되는 느낌. 일이 잘 풀리는 느낌. 도희에게 있다는 증거보다도, 도장보다도 중요한 그 느낌 말이다. 차경은 굵은 철사를 니퍼로 힘주어 잘라냈다.

현관 앞에는 그동안 마신 핫식스 캔이 가득 쌓였다. 금고 외벽이 두꺼운 탓에 내부 도시는 비율을 조금 더 줄여 마이크로하게 작업했다. 자세히 볼 수 있게 돋보기도 준비했다. 전면의 아날로그 다이얼은 실제로 기능하도록 제작하고 싶었지만, 원하는 부속을 제때 구입할 수가 없어 인터넷을 뒤지며 직접 도안을 짰다. 유튜브의 알고리즘 추천 영상 중 열쇠 관리사가 금고 비밀번호를 잊었을 때 여는 방법을 시연하는 영상을 특별히 눈여겨보았다. 작은 구멍을 핀으로 누르고 0000을 맞추면 열린다고 했다. 그 정도로 디테일하게 작업할 여력은 없어 다이얼이 돌아가게 하는 정도로 그쳤으나, 금고를 여는 방법은 똑똑히 익혔다. 이제 다이얼 옆에 클레이로 엔티 로고만 만들어 붙이면 끝이다.

지금은 아침 6시, 과제 설명회는 오전 10시. 가는 데 걸리는 한 시간을 빼면 세 시간, 충분하다. 도희를 만나고 돌아온 후로 한숨도 못 자고 나흘 동안 내리 작업만 했다. 컵라면 세 개와 핫식스 열두 캔도 본드를 말리거나 도료가 굳기를 기다리는 중에 입에 쑤셔 넣었다. 그 덕에 마감 기한을 지킬 수 있었다. 시간 계산을 끝낸 차경은 핸드폰을 집어 들었다. 그동안 쌓인 부재중 전화가 열네 통이었다. 발신자는 모두 도희. 일단 과제 발표를 잘 마친 다음에 전화를 걸어봐야겠다.

차경은 길게 기지개를 켰다. 손과 발이 여전히 이곳저곳에 닿아 제대로 펼 수 없었지만 그 정도만으로도 시원했다. 구부정하게 팔다리를 편 상태로 온몸 구석구석 상쾌함이 퍼지길 기다리며 잠시 있었다. 그리고는 그 상태로 잠이 들었다.

잠깐 눈을 감았다 뜬 것 같은데 시계를 보니 8시였다. 두 시간이 증발했다. 차경은 믿기지 않아 시계를 몇 번이나 다시 확인했다. 여러 번 봐도 8시가 맞았다. 씻고 챙기는 시간과 이동하는 시간을 빼면 딱 한 시간 남았다. 차경은 바로 클레이를 꺼내 들었다. 모양을 만들고 색을 입히고 드라이어 열기로 굳히고 다시 유약을 칠하는 모든 과정을 오십육 분 만에 끝냈으나 놓친 것이 하나 있었다. 본드를 말리는 시간. 차경이 엔티 건물로 들어서며 정수리에 물컵을 올린 것처럼 어색하게 걸었던 이유가 그 때문이었다. 과제 설명회가 시작된 후에도 온 신경이 금고와 로고 이음새에 쏠려 있었다. 그러느라 다른 발표자의 작품을 제대로 보지 못했지만, 아쉽지가 않았다. 대충 봐도 알 것 같았으니까. 작품들 사이에서 차이를 찾기가 어려웠다. 대부분 SF 영화에서 본 것 같은 디자인으로, 레이저 빛을 쏘거나 유리 케이스를 씌운 정도의 디테일을 제외하면 비슷비슷했다.

드디어 차경의 순서가 왔다. 조심스럽게 중앙으로

나가 단상 위에 작품을 올렸다. 과제 발표회의 진행자가 차경을 보고 작게 물었다.

"성차경 씨, 괜찮아요?"

그제야 왼쪽 눈이 경미하게 떨리고 있음을 깨달았다. 피로 누적 때문인 듯했는데 의지로는 멈춰지지 않았다.

"잘 보이고 싶어서 긴장했습니다. 작품 설명하겠습니다."

자신이 내뱉고도 센스 있는 말이라는 생각이 들었다. 차경의 왼쪽 눈은 작품 설명이 끝날 때까지 계속 떨렸지만, 진행자도 면접관도 더는 신경 쓰지 않는 듯했다. 이상적인 도시는 곧 안전한 도시라는 설명과 함께 차경이 다이얼을 드르륵 돌리자, 모두가 집중했다. 쏟아지는 시선을 느끼며 차경은 금고 문을 활짝 열었다.

*

엔티 건물을 나와서 길을 막 건너려는데, 차 한 대가 요란하게 클랙슨을 울렸다. 빨간색 아우디, 왠지 낯이 익은데? 차경이 생각하는 동안 차창 밖으로 도희가 고개를 내밀고 외쳤다.

"너, 왜 전화를 안 받아?"

바로 뒤에서 다른 차들이 클랙슨을 울려대자 도희가 얼른 타라고 재촉했다. 차경은 보조석에 급히 앉으며 물었다.

"어떻게 니가 여기 있어?"

"말했잖아. 아빠랑 여기 본부장이랑 아는 사이라고. 지금쯤 끝난다길래 데리러 왔지."

회의실에서 차올랐던 희망이 빠르게 절망으로 곤두박질쳤다. 도장 위조는 시작도 못 했다는 그 말을 어떻게 꺼내야 좋을까. 마땅한 답을 찾지 못한 차경의 얼굴은 딱딱하게 굳었다. 도희가 곁눈질로 차경을 살피며 말했다.

"도장 너네 집에 있는 거야? 주소 불러. 들렀다 가지 뭐."

"아니, 도희야. 그거 안 했어. 불법이잖아."

순간, 방지턱이 있는데도 속도를 줄이지 않아 차가 크게 덜컹거렸다. 그럼에도 도희는 몸을 차경 쪽으로 돌리며 말했다.

"안 했다고? 너 지금 뉴스 보고 이러는 거야?"

"뉴스? 무슨 뉴스?"

"우리 아빠 공천받았잖아. 개판 났다고."

뉴스는 못 봤지만 상황의 심각성은 알 만했다. 도희는 차경에게 완전히 몸을 돌린 채 말을 이었다.

"야, 내가 얼마나 속이 시끄러우면 너 데리고 가려고 기다리기까지 했겠니? 며칠째 전화도 안 받더니 한다는 소리가, 뭐? 작업을 안 했다고?"

바로 앞 교차로의 신호등이 노란불에서 빨간불로 막 바뀌는 게 보였다. 차경이 다급히 도희의 얼굴을 앞으로 돌리며 외쳤다.

"신호, 신호! 앞에 보라고!"

놀란 도희가 브레이크를 밟았다. 아, 안 돼. 차가 교차로에 멈춘 그 순간, 신기하게도 시간이 느려졌다. 액셀을 밟았어야지, 액셀을! 차경은 소리를 지르며 옆을 보았다. 신호를 받고 출발한 차들이 자신을 향해 돌진해 오고 있었다. 손을 뻗어 핸들을 돌리려고 했지만 이미 늦었다. 브레이크가 밀리는 소리와 함께 강한 충격이 느껴졌다.

차경은 마지막일지도 모른다고 생각하며 간곡하게 빌었다. 살려주세요. 제발 살려주세요. 저는 살고 싶어요. 이렇게 죽을 수는 없어요. 진짜 살고 싶어요. 그러자 놀랍게도 펑, 눈앞에서 에어백이 터져주었다. 좌석 등받이로 튕기듯 밀려나던 차경은 도희 머리칼이 흩날리며 쏟아낸 샴푸 향을 맡으며 태어나서 처음 느끼는 감정에 어리둥절했다. 이게 뭐지? 도대체 무슨 느낌이지? 더듬듯 생각을 이어보고서야 그 감정에 단어를 붙일 수 있었다. 안락감. 절실한 바람에 응답하듯 에어백이 터졌을 때 차경은 태어나서 처음으로 보호받고 있다는, 아늑한 느낌을 받았다.

3부

10

도희의 차가 차선을 밟고 정지한 탓에 주변 차들이 클랙슨을 울리며 지나갔다. 허공에 시선을 둔 차경의 귀에는 모든 소음이 두꺼운 막 너머로 뭉개지고 있었다. 옆 차에서 내린 아저씨가 보험사에 전화를 거는 듯했고 도희도 정신이 들었는지 에어백을 밀어내며 차 밖으로 나갔다. 통화를 마친 아저씨가 도희와 짧게 이야기를 나누더니 찰칵찰칵 사진을 찍기 시작했다. 차경은 얼굴을 가리며 차에서 내렸다. 도희와 함께 있다는 걸 누구에게도 알리고 싶지 않았다. 차경은 다급히 도희에게 다가갔다.

"니가 말했던 작업, 할게. 이따가 숍에서 만나."

"지금 간다고? 보험사 오면 얘기하고 가. 병원 가서 검사 받아야지."

"아니야. 난 괜찮아. 밤 10시까지 숍으로 갈게."

차경은 도희가 대답하기도 전에 돌아서서 차도를 건너버렸다. 쌩 하고 지나던 차의 운전자가 뭐라뭐라 욕을 했지만 묵묵히 걸음을 옮겼다.

*

고시원에 돌아온 차경은 한참을 웅크리고 있었다. 사고 이후로 뒷목이 결리는 것 같지만 지금은 신경 쓸 여유가 없다. 당장 해야 할 일이 있으니까. 흥분한 도희를 자극하는 건 좋은 선택이 아니다. 다행히 10시까지는 시간이 좀 있다. 그동안 해치울 수 있다. 차경은 서류 하단에 박힌 도장을 가만히 들여다보았다. 복사하면 수월하겠지만, 도장 가게에서는 도용의 우려 때문에 복사를 해주지 않는다. 3D 업체에 맡기는 방법도 있는데 당일 작업이 가능한 곳은 찾을 수 없었다.

힘을 내서 밖으로 나온 차경은 근처 화방과 사무용품점을 돌며 재료를 샀다. 지우개는 종류별로 일곱 개를 샀다. 칼로 귀퉁이를 도려내며 경도가 가장 적당해 보이는 지우개를 골랐다. 바론의 도장 복사본을 그 위에 그려넣고 바늘과 조각도를 이용해 세밀하게 파기 시작했다. 사고로 인한 충격 때문인지, 제대로 못 자서 그런지 몸 상태가 점점 나빠지고 있었다. 속이 울렁거리고 손이 떨려서 작업 속도가 생각보다 더뎠다. 정신이 아득해지려고 할 때마다 차경은 볼 안을 질겅질겅 씹으며 버텼다. 온몸에 잔털이 쭈뼛 서는 선명한 통증 덕에 잠들지 않고 도장을 완성할 수 있었다. 조심스럽게 인주를 묻혀 종이에 찍으니 얼추 비슷했다. 해냈다는 안도감과 함께 순식간에 의식이 흐려졌다.

어떻게 612 숍에 왔는지 기억이 나지 않았다. 잠깐 졸았다 깬 것 같은데 이미 612 숍에 와 있었고 눈 앞에는 도희가 앉아 있었다.

"보험사에서 너한테 전화할 거야. 그냥 가면 문제가 된대."

차경은 정신이 번쩍 들었다. 무슨 문제를 말하는 거지? 난 잘못한 게 없는데?

"인상 펴. 그냥 확인이야, 확인. 아저씨가 동승자 있었다 그래서 절차상 연락하는 거래. 둘러댈 게 없어서 생리통이 심하다고 했으니까, 그렇게 알고."

차경은 고개를 끄덕이며 도장과 인주를 함께 건넸다. 도희가 서류에 박힌 도장 옆에 나란히 새 도장을 찍으며 말했다.

"와, 너는 진짜 여전하다."

그러고는 눈을 감고 빠르게 성호를 그었다. 차경은 도희가 눈 뜨기를 기다렸다가 바로 말했다.

"이제 갖고 있는 증거 줘."

"증거? 니가 만든 돈 말이야?"

"그래, 그거. 이제 줘."

"내가 말했지, 우리 아빠 공천받았다고. 다른 사람

들이 찾아내기 전에 구린 거 있으면 제발 자기한테 먼저 말해달래. 무서워 죽겠나 봐. 나도 사람인데 얼마나 쫄리겠니? 이런 판에 왜 계속 증거 증거, 이 지랄이야."

애가 지금 무슨 소리를 하는 거지? 차경은 도희가 진짜로 이상하게 말을 하고 있는 건지, 컨디션이 안 좋아서 그렇게 들리는 건지 똑바로 판단할 수가 없었다. 도희는 두툼한 서류봉투를 테이블에 올렸다. 열어 보니 영문으로 된 수십 장의 문서가 빼곡했다. 차경이 미간을 찌푸리는 걸 보고 도희가 말했다.

"실제로 작업할 건 열 장 정도밖에 안 돼. 나머지는 작업할 때 필요한 자료 같은 거고. 최대한 똑같이 만들어줘."

차경의 답을 기다리지도 않고 도희는 혼자 말을 이었다. 바론에게 당하고 있을 수만은 없어서 자신도 변호사를 선임했는데 필요한 증거가 꽤 많다고. 없는 것들은 만들어서라도 준비해 둬야 한다고. 그러니까 그 준비를 차경에게 하라는 소리였다. 차경은 최대한 침착하게 말했다.

"내가 지금 누굴 도울 수 있는 상황이 아니야."

"도와? 나 이제 섭섭할라 그래. 내 일은 곧 니 일이 잖아. 우리는 한 팀이니까. 안 그래?"

아주 오래된 감정이 깊은 곳에서 몰려왔다. 이 어조, 이 분위기, 이 느낌. 받을 게 있는 사람의 당당함. 어린 시절 차경은 야반도주가 지긋지긋했다. 탓하는 마음으로 할머니에게 왜 우리가 도망쳐야 하느냐고 따져 물었다. 할머니는 표정도 바꾸지 않고 이렇게 말했다. 인간처럼 살려고 그런다고. 그깟 돈 때문에 짐승처럼 살아서야 쓰것냐고. 당시에는 그 말이 제대로 된 답이 아니라고 느꼈다. 자신의 질문을 할머니가 이해하지 못했다고 생각했다. 하지만 엇나간 그 답은 오랫동안 차경의 인생 주변에 머물다가 이제야 예언의 형태로 나타났다. 도망치지 않으면 짐승처럼 살게 될 것이다. 도희에게서 도망칠 수 있는 방법은 증거를 없애는 것밖에 없다. 그러니, 인간처럼 살려면 증거를 없애야 한다. 차경은 금고를 흘끗 본 뒤

도희에게 물었다.

"화장실 좀 써도 돼?"

"저기로 들어가면 주방 보이거든? 그 옆문이야."

화장실 위치는 CCTV로 봐서 이미 알고 있었지만, 차경은 처음인 것처럼 두리번거리며 걸음을 옮겼다. 화장실 옆에는 복도로 난 문이 있었다. 도어락을 보자 순간적으로 건전지를 빼야겠다는 생각이 들었다. 차경은 도어락 뚜껑을 열고 건전지를 뺀 후 건전지 양극 스프링까지 맨손으로 잡아당겼다. 생각보다 단단해서 뜯어내기가 쉽지 않았다. 무리하게 스프링 끝을 구부리려다 보니 손톱이 깨지며 피가 났다. 결국 스프링은 완전히 휘어졌다. 이때까지만 해도 차경에게는 뭘 어쩌겠다는 계획이 없었다. 도희의 이야기를 들으니 제 인생이 정말 나락에 떨어진 것만 같아 두려워졌고, 뭐라도 준비해 두고 싶었다. 그게 뭐라도.

자리로 돌아온 차경에게 도희는 다음 주 화요일까지 위조한 문서를 가져오라고 지시했다. 차경은 고개를 끄덕이며 두꺼운 서류봉투를 들고 일어섰다.

금색 문을 열고 나와 몇 걸음을 디디는데, 워! 소리
와 함께 원준의 얼굴이 나타났다. 차경이 다리 힘이
풀려 그대로 주저앉자, 원준은 장난에 이렇게 놀랄
줄 몰랐다며 거듭 사과했다. 차경은 괜찮다고 말하며
일어서려고 했지만, 균형을 잡지 못하고 비틀거렸다.
물을 한 잔 달라고 했더니 원준이 부축해 사무실로
데리고 갔다.

원준이 정수기 물을 따르는 동안 차경은 모니터의
CCTV 화면을 바라봤다. 612 숍 통창에는 암막 커튼
이 드리워져 있었다. 원준은 차경이 나오는 것을 여
기서 지켜봤나 보다. 관찰당했다는 생각이 들자 두피
에서부터 차가운 뭔가가 번지는 느낌이 들었다. 정수
리에 손을 가만히 올려보는데 원준이 물컵을 건네며
옛 친구를 만난 소감을 물었다.

"우연히 만난다는 게 쉬운 일이 아니잖아요. 인연
인 거죠."

뿌듯해하는 표정으로 보아, 도희와 차경의 만남에
자신의 공이 있음을 강조하고 싶은 듯했다. 차경은

물컵을 깨물며 가까스로 미소를 지었다.

　이번에는 데려다준다는 원준의 제안을 거절하지
않았다. 보조석에 앉아 택시 기사에게 늘 그랬듯 고
시원 부근 공원을 주소 대신 불러주었다. 원준이 내
비게이션에 주소를 입력하는데 갑작스러운 노랫소리
가 귀를 찔렀다. 무슨 문제가 생긴 것 같아서 차경은
주변을 둘러보았다. 곧이어 웬 남자 목소리가 스피커
를 통해 생생하게 울렸다. 함께 골프를 치는 형님인
듯했다. 월요일에 한차로 움직이자는 형님의 제안을
원준은 그날 엘리베이터 점검이 있어서 빠져야 한다
며 거절했다. 통화가 끝나자 원준은 높아진 텐션으로
형님에 관한 이야기를 들려주었다. 집안이 엄청 유명
한 김치 공장을 하는데, 들어본 적 있냐면서. 차경은
김치 따위 안중에도 없었다.
　"월요일에 바쁘신가 봐요?"
　"제가요? 안 바쁜데요?"
　"아까 무슨 점검 있다고 그러지 않으셨어요?"

"엘리베이터요? 그거야 뭐 기사가 하죠. 차경 씨 시간 되면 식사나 할래요?"

"죄송해요, 저는 일이 있어서요."

그렇게 말한 후, 원준을 곁눈질로 살피며 적절한 타이밍을 노렸다.

"혹시, 엘리베이터 점검을 하면 전체 전원을 끄나요?"

"그랬나? 뭐 복잡했던 것 같은데, 왜요?"

"그냥 궁금해서요."

"차경 씨는 궁금한 것도 많네요."

그러고는 흐뭇한 표정으로 차경을 보다가 작게 중얼거렸다. 특이해, 특이해. 차경은 원준이 원하는 특이한 사람이 지을 만한 표정을 만들기 위해 얼굴 근육을 움직여 봤다. 다른 사람 앞에서는 이런 노력을 해본 적이 없었다. 의외로 어렵지 않았다. 눈썹이 너무 들렸나 싶었지만, 뭐 어떤가. 자신은 이미 특이한 사람인걸.

*

　핸드폰에 뜬 요양원 번호를 보자마자 차경은 긴장
했다. 밤 11시가 넘어가고 있었다. 이 시간에? 전화를
받기까지의 짧은 순간에 엄청나게 무서운 소식을 듣
게 될 것만 같다는 두려움과 그게 뭔지 빨리 듣고 싶
다는 기대감이 동시에 엉켰다. 보호사는 침착한 목소
리로 이야기했다. 할머니가 지난주부터 결핵 증상을
보였는데 어제오늘은 열이 많이 높으니, 좀 보러 오
시라고. 더 위험해지면 요양병원으로 옮겨야 할 수도
있단다. 요양병원이라는 소리에 차경은 대출금부터
떠올렸다. 간병인을 써야 하는 요양병원은 돈이 끝도
없이 들어간다. 이 년 전 할머니가 요양병원에 계시
던 한 달 동안 차경이 알바를 몇 개나 뛰었는지 모른
다. 차경은 도희에게 받아온 서류봉투를 방에 던져두
고 다시 신발을 신었다.

　이렇게 늦은 시간에 요양원을 방문하는 건 처음이

었다. 불 꺼진 복도가 음산했다. 병실 앞에 있던 보호사가 차경을 맞아주었다. 방금 의사가 다녀갔는데, 할머니 열이 내려서 조금 더 지켜보는 게 좋겠다고 했단다. 차경은 확인을 받듯이 물었다.

"요양병원에는 안 가도 된다는 말씀이시죠?"

차경의 사정을 잘 아는 보호사는 그렇다고 대답해주었다. 원래 면회가 안 되는 시간이지만 오늘만 특별히 봐준다는 말에 감사하며 차경은 병실로 이동했다. 그동안 상황이 많이 안 좋았던 모양이다. 처음 보는 장비들이 할머니 머리 쪽에 들어차 있었다. 기계에서 나오는 소음에 목구멍을 긁어대는 듯한 숨소리까지 더해져 할머니 주변은 꽤 시끄러웠다. 제대로 치우지도 않고 장비를 부려놓은 건지 원래 있던 할머니의 짐이 엉망으로 찌부러진 게 눈에 들어왔다.

차경은 짐을 꺼내 하나씩 정리하기 시작했다. 할머니가 직접 쓴 전화번호부와 온열 찜질기 사이에서 두꺼운 신문 뭉치를 집어 들었다. 손가락으로 넘겨 보니 '동의동 부부 사기단 도주 중 죽음', '부부 사기단 피해자, 경찰에게 보상 요구' 등 차경의 부모에 관한 기사 뭉치였다. 할머니가 미쳤나? 이걸 왜 챙겨두고 있었던 거지? 누가 보면 어쩌려고? 어처구니없어 하면서도 한 장 한 장을 망막에 심듯 바라봤다.

　짐 정리를 마치고 차경은 간이 의자를 가져와 할머니 옆에 앉았다. 몸을 쓰고 나서인지 정신이 고요해져서 할머니의 손등에 시선을 둔 채 가만히 있었다. 쭈글쭈글한 손등은 주삿바늘 자국으로 온통 퍼랬다. 차경이 할머니의 손을 가져다가 자신의 무릎에 올리자, 환자복 소매가 올라가면서 화상 자국이 드러났다. 10센티미터 정도 길이의 반들반들한 살덩어리가 손목에서 팔꿈치까지 튀어나와 있었다. 할머니의 몸에서 유일하게 주름이 없는 곳. 만지면 기분이 좋아져 어린 시절 잠들기 전에 항상 손을 갖다 대던 곳. 그곳을 차경은 집게손가락 끝으로 부드럽게 쓸어내렸다.

　시장 귀퉁이에 할머니와 나란히 앉아 있던 때였다. 한 아주머니가 고사리를 몇 단 사면서 차경에게 똘똘

하게 생겼다며 칭찬했다. 평소 과묵하던 할머니가 그
날은 왜인지 그 말을 받아 이야기를 이었다.

"얘가 엄마를 안 닮고 아빠를 닮아서 그래요. 애 아
빠가 머리 하나는 비상했거든."

차경은 무척 놀랐다. 할머니는 자신이 부모님에 관
해 물어볼 때마다 쓸데없는 소리 말라며 등을 때렸으
니까. 아주머니는 그러셨어요, 하며 추임새를 넣어주
었다. 예의상 그랬겠지만 차경은 진심으로 고마웠다.
낯선 활기를 띤 채로 할머니가 말을 이었다.

"얘 아빠는 또 나를 안 닮고 지 아빠를 닮았네? 머
리가 아주 좋고 인물이 훤했어요. 그런데 드러운 성
질까지 닮아가지고 어우, 말도 마요. 부자가 만나기
만 하면 동네가 시끄러웠어. 내가 말리다가 이 사달
이 났다는 거 아니에요."

할머니는 소매를 걷고는 팔뚝에 난 화상 자국까
지 보여주었다. 차경은 처음 듣는 이야기였다. 화상
자국에 대한 것도, 할아버지에 대한 것도, 아빠에 대
한 것도 전부. 너무나 소중한 그 이야기를, 아주머니

가 더는 들어줄 수 없었나 보다. 불편한 표정으로 고개인사를 하고 돌아서자 할머니 얼굴에는 빠르게 표정이 사라졌다. 언제나처럼 미간에 주름을 지으며 입술을 앙다물었다. 화상 자국이 드러난 팔뚝만 민망하게 허공에 들린 채였다. 차경은 마음이 급해졌다. 저 아주머니를 잡아야 한다. 할머니가 활기를 되찾을 수 있도록, 그 활기로 계속 말을 할 수 있도록. 그렇게 생각하며 차경은 울기 시작했다. 할 수 있는 게 그것밖에 없어서 주먹을 불끈 쥐고 한참을 울었다. 아주머니가 다시 돌아왔는지, 할머니의 얼굴에 활기가 다시 드리웠는지는 아무리 애를 써도 생각나지 않았다. 수분이 모두 빠져나갈 것처럼 울고 또 울었던 그날의 기억만 차경에게 흉터처럼 남았다.

11

　고시원 바닥에 엎드린 차경은 신문 뭉치를 들여다
봤다. 그 위로 으아앙으아앙 고양이 울음소리가 꽂혔
다. 줄곧 울고 있던 것 같은데 한번 귀에 들어오니 견
딜 수 없이 시끄러웠다. 인상을 쓴 채로 신문을 넘기
다가 한 사진에서 멈췄다.「동의동 부부 사기단 딸에
게 피해자들 원성」이라는 타이틀이 사진 위에 박혀
있었다. 잡아먹을 듯 화난 사람들을 경찰이 방패처럼
막아섰다. 그 뒤로 할머니가 어린 차경을 안고 어딘
가로 급하게 가고 있었다. 등장인물이 많은 사진이었
지만, 카메라 렌즈에 정확하게 눈을 맞춘 사람은 어

린 차경뿐이다. 놀란 듯, 치켜뜬 그 눈이 흐린 망점 너머로 반짝였다. 빤히 들여다보자 그 시절의 자신이 지금의 자신을 바라보는 듯한 이상한 감각이 들었다. 얼이 빠진 채 그 감각에 집중하고 있었더니 희한하게도 고양이 울음이 머릿골 안쪽에서 들려오는 것처럼 증폭되었다. 정신이 아득해졌다. 귀를 틀어막아도 소용없었다. 문득, 모든 게 이 사진 때문이라는 생각이 들었다. 이 사진 때문에 내가 지금 이렇게 괴로운 거라고. 이 사진을 찍은 기자를 찾아가서 없애달라고 부탁해 볼까? 그런다고 뭐가 달라지기는 할까? 이미 세상에 다 뿌려졌는데, 되돌릴 수 없을 텐데, 아무리 노력해도 절대 바꿀 수 없을 텐데. 그렇게 생각하자, 고양이 울음이 찢어질 듯 높아지더니 찰칵찰칵 셔터음으로 바뀌었다. 찰칵찰칵. 차경은 소리 나는 쪽을 찾으려고 고개를 획획 돌렸다.

"뭐래? 너 안 찍거든?"
바로 뒤에서 들려오는 앙칼진 목소리에, 차경은 그

대로 얼어붙었다. 찰칵찰칵 사진을 찍던 혜미가 갑자기 깔깔거리기 시작했는데, 기묘하게도 고양이 울음소리가 났다. 몸을 진동하며 내는 듯한 그 소리가 섬뜩해서 귀를 막고 싶은데 어찌 된 일인지 차경은 손가락 하나 까딱할 수가 없었다. 한참을 웃어젖히던 혜미가 핸드폰을 차경에게 들이밀며 말했다.

"괜찮냐? 봐봐."

핸드폰도 혜미도 봐선 안 될 것 같다. 하지만 눈꺼풀을 내리는 그 간단한 동작이 쉽지 않았다. 바들거리기만 하는 동안 혜미가 들이미는 핸드폰이 속눈썹에 닿을 듯 가까워졌다.

"눈깔에 쑤셔 넣기 전에 보라고."

차경의 눈에는 시뻘건 실핏줄이 올랐다. 눈을 감기 위해 안간힘을 쓰느라 머리통이 조여왔다. 눈이든 입이든 어느 구멍에서든 터져 나올 듯 부풀던 무언가가 결국 목구멍을 뚫고 튀어나왔다. 그와 동시에 눈꺼풀도 닫혔다. 두 눈을 꼭 감은 채로 차경이 외쳤다.

"안 돼! 나는 찍히면 안 돼! 증거가 남으면 안 된다고!"

마지막 음절을 토해내며 두 눈을 부릅뜨면, 아무도 없다. 혜미가 없다는 사실이 믿기지 않아서 차경은 고시원 방 안을 다급히 확인했다. 이리저리로 눈동자를 분주히 굴려봐도 혜미는 없었다. 확인을 거듭하고 나서야 어지러운 호흡이 차츰 가라앉았다.

숨쉬기가 조금 편안해지자 차경은 몸을 천천히 일으켰다. 꼿꼿이 치켜뜬 눈에는 언제 들어찼는지 불꽃이 번쩍이고 있었다. 차경은 따끔하게 혼을 내듯 허공에 알렸다.

"증거를 남기면 안 된다고."

방안의 사물들이 충분히 알아들을 만큼 시간을 준 후, 차경은 경건한 동작으로 아이패드를 열었다. 동공은 이제 13인치 화면의 이곳저곳을 빠르게 추격했다.

*

차경은 원준에게 전화를 걸어 식사를 거절했던 게

마음에 걸린다며 함께 밥을 먹자고 했다. 원준은 지금도 시간이 된다고 답했지만 차경은 월요일에 보자고 못을 박았다. 원준은 엘리베이터 기사가 4시쯤 올 테니 5시에 사무실에서 만나자고 했다.

약속한 월요일, 3시 20분. 차경은 앱으로 도희가 교회로 나가는 것을 확인한 후 고시원을 나섰다. 원준에게는 조금 일찍 도착할 것 같다고 문자를 보냈다.

사무실에 도착하니 엘리베이터 기사가 이미 와 있었다. 차경은 원준에게 편하게 일을 보시라고 말하며 눈으로는 기사의 동선을 좇았다. 기사는 엘리베이터 문의 안전장치를 체크한 뒤 화재경보기 옆에 있는 작은 문을 열고서 잠시 전체 전원을 끄겠다고 했다. 원준이 고개를 까딱하자 기사가 수동 차단기를 내렸다. 차경의 핸드폰 앱에 커넥팅 에러라는 알림이 떴다. 됐다, CCTV가 꺼졌다. 기사는 「승강기 안전 점검 중」이라는 입간판을 엘리베이터 앞에 세워두고 계단으로 올라갔다. 원준은 구경만 하고 있었으면서 피곤한 듯 목을 획획 돌리며 말했다.

"이제 30분만 기다리면 돼요."

차경은 화장실에 다녀오겠다며 가방을 들고 일어섰다. CCTV는 꺼졌지만 원준의 포르쉐는 주차 중일 때도 블랙박스 녹화가 되기 때문에 차경은 포복하듯 자세를 낮춰 다가갔다. 앞쪽은 차체가 낮아 뒤쪽을 공략하기로 했다. 안전한 거리에 멈춰 가방에서 까만 락카를 꺼내 마구 흔들었다. 치익, 힘주어 뿌렸으나 거리가 멀어 분사된 도료가 바닥에 흩어졌다. 차 쪽으로 조금 더 붙었다가는 화면에 걸릴 것 같았다. 차경은 소매를 걷어 올린 후에 최대한 팔을 길게 뻗어 락카를 분사했다. 손가락 끝이 바들바들 떨렸다. 다행히 순식간에 번호판이 까매졌다. 다시 포복해 차에서 멀어진 차경은 공용 화장실로 가서 손을 닦은 뒤 향수를 뿌리고 나왔다.

사무실 문을 열자, 콧수염을 정리하고 있던 원준이 놀라서 돌아보았다. 그 얼굴을 똑바로 보며 차경이 말했다.

"차에 누가 붙어 있는 것 같던데요?"

"제 차에요?"

차경이 고개를 끄덕이자마자 원준이 밖으로 달려 나갔다. 차경도 천천히 뒤따라가 보니 원준은 벌써 공업사 형님에게 전화를 걸어 상의했는지 바로 가겠다는 말과 함께 통화를 마쳤다. 그러고는 쪼그리고 앉아서 손가락에 침을 묻혀 번호판을 닦았다.

"미친 개새끼 아니야, 시팔."

차경은 똑똑히 들었다. 뒤 음절에 강세를 둔 시팔이었다. 의외였다. 차경의 분류법대로라면 원준은 당연히 앞 음절에 강세를 둬서 씨발이라고 발음할 줄 알았다. 사랑받고 자란 사람 같았으니까. 그런데 아니었다. 할머니처럼 사랑을 못 받은 쪽이었다. 그렇게 생각하자 어쩐지 원준과 조금 가까워진 것만 같은 기분이 들었다. 한편 씨팔이 아니라서 다행이라고 생각하는 자신이 조금 놀랍기도 했다. 그러니까 원준이 아예 사랑을 모르는 사람은 아닐 거라는 그 사실이. 원준은 운전석에 타려다 멍하니 서 있는 차경을 발견하고는 말했다.

"공업사에 들렀다 가야 해서 식사가 좀 늦겠어요. 우선, 타요."

"아, 그럼 제가 여기 있을게요."

"그래줄래요?"

원준은 반가운 기색을 비치며 사무실 비밀번호를 알려주고는 포르쉐를 몰고 떠났다. 차경은 비밀번호를 메모장에 저장한 뒤 가방에서 라텍스 장갑을 꺼내 손에 꼈다. 612 숍 입구 문에는 보안 장치가 붙어 있어서 그 문을 열려고 시도하는 것은 위험하다. 대신 건전지를 뺐던 뒷문. 이틀 동안 도희가 수리하지 않았기를 바라며 손잡이를 돌렸다. 다행히 문은 부드럽게 열렸다.

차경은 줄곧 마음에 걸렸던 금고를 향해 성큼성큼 걸어갔다. 유튜브에서 배웠던 대로 0000으로 설정을 바꿔보다가 혹시나 싶어서 숍 이름에 0을 붙여 6120을 넣어보았다. 잠금장치는 열리지 않았다. 그럼, 0612? 찰칵, 뭔가 걸리는 소리와 함께 잠금장치가 풀렸다. 0612? 6월 12일? 왜 그 생각을 못했을까? 6월 12일은 혜미가 죽은 날이다. 그런데 왜? 도려내도 시원찮을 날을 왜 굳이 상호명으로 지었을까? 도무지 납득이 되지 않았다. 차경은 찜찜한 얼굴로 금고 안을 살폈다.

금고의 내부는 칸 하나를 두고 위와 아래로 분리돼 있었다. 위 칸에는 손바닥만 한 앨범과 흡입기, 천식약이 상자째로 들어 있었다. 앨범에는 도희 엄마의 사진이 가득할 뿐 증거는 보이지 않았다.

아래 칸에는 상자 하나가 덩그러니 놓여 있었다. 꺼내서 뚜껑을 여니 노란 플라스틱 명찰이 먼저 눈에 들어왔다. 「성차경」이라는 이름이 새겨진 명찰이었다. 예기치 못한 곳에서 제 이름이 튀어나오자 차경의 머릿속이 웅웅거렸다. 심장이 빨리 뛰는 건지, 느리게 뛰는 건지 알 수 없었지만 다른 장기들과 속도가 어긋나고 있는 것은 확실했다. 그 아래에는 자신의 성적 통지표와 생활기록부 따위의 복사본이 놓여 있었다. 이걸 왜 보관하고 있는 거지? 대체 뭘 하려고? 바론의 서류처럼 위조하려고? 위조해서 어디다 쓰려고? 차경의 머리로는 아무리 생각해 봐도 목적을 찾아낼 수가 없었다. 혜미가 죽은 날을 상호명으로 지은 것도 마찬가지였다. 아무래도 도희가 제정신이 아닌 모양이다. 그렇게 생각하자 두려움이 걷잡을 수 없이 불어났다. 심장의 속도는 더욱 심하게 어긋났다.

금고 속을 샅샅이 뒤졌지만 증거는 없었다. 진열대 단 안과 작업대 위, 소파 테이블 아래 서랍까지 속속들이 뒤졌지만 어디에도 없었다. 작업대는 다양한 금속 재료와 산화제, 토치 등으로 빼곡했다. 그 옆 테이블에는 MOZ 도시락이 펼쳐져 있었다. 도희가 매일 먹던 도시락. 주변에 널브러진 휴지와 포크에 묻은 드레싱만 아니었다면, 도시락은 새것이라 해도 믿을 만큼 깨끗했다. 신선한 채소 사이로 기름진 고깃덩어리가 보이자 갑자기 말도 안 되게 허기가 몰려왔다. 이 상황에서 어떻게 배가 고플 수가 있지? 그러고 보니 어제부터 아무것도 먹지 못했다. 속이 비었다는 생각이 들자 허기는 더욱 참기 힘들어졌다. 차경은 하던 일도 잊고 도시락에 코를 박았다. 시큼하고 달짝지근한 향신료 냄새에 침이 고였다. 포크를 들어 한 입을 막 떠 넣는데 핸드폰이 울렸다. 엔티의 인사 담당자였다.

"성차경 씨, 면접 대상자가 되셨습니다."

차경은 바로 손에 든 포크를 내려놓았다. 담당자는 내일 화요일 3시까지 엔티 본사 회의실로 오라고 했다. 내일이라고? 엔티 면접은 예측할 수 없기로 유명했다. 이전까지만 해도 뭘 예측할 수 없다는 건지 그 정확한 의미가 궁금했는데 이제야 깨달았다. 대비할 시간을 주지 않는다는 뜻이었구나. 내일은 도희가 작업을 끝내라고 했던 날이다. 차경은 금고에 든 물건을 자신의 가방에 모두 쏟아 넣었다.

*

원준과 식사를 하고 공업사까지 들르느라 차경은

늦은 밤이 되어서야 고시원에 돌아올 수 있었다. 면접을 본 다음 도희를 만나는 게 좋을 것 같아서 전화를 걸었다. 딱 하루만 미뤄달라고 부탁했지만 도희는 스케줄이 꽉 찼다며 들어주지 않았다. 대신 일찍 오는 것은 괜찮다고 해서 12시 30분에 만나기로 했다. 12시 30분에서 엔티 면접인 3시까지는 두 시간 삼십분. 시간은 충분할 것이다. 도희가 1시에 먹는 천식약과 흡입기를 자신이 가지고 있으니까. 차경은 내일 도희와 3단계에 걸쳐 결판을 볼 생각이다. 1단계는 대화. 증거 줘. 그래, 여기. 이게 베스트겠지만 가능성은 제로에 가깝다. 2단계는 물물교환. 금고에서 챙긴 물건들로 딜을 쳐서 증거를 받아낸다. 마지막 3단계는 협박. 치사하지만 흡입기와 천식약을 이용해 볼 생각이다. 지난번처럼 당하기만 할 수는 없으니까.

세탁실에는 사람이 없었다. 핸드폰 속 612 숍도 고요했다. 움직이는 건 차경의 정장을 먹은 세탁기뿐인 듯했다. 정장이 한 벌이라 세탁해서 입는 수밖에 없다. 그래도 이번에는 파란색 에르메스 스카프가 있어서 포인트를 줄 수 있겠다. 트레이닝 바지 주머니에 구겨져 있던 걸 찾아내 정장과 함께 넣었다. 빙글빙글 돌아가는 세탁기를 보고 있자니 자꾸만 눈꺼풀이 내려갔다. 왜 이렇게 잠이 쏟아질까. 아득하게 멀어지는 의식을 부여잡으려고 볼 안쪽을 씹었다. 이미 생겨 있던 상처가 벌어지며 찌릿찌릿했다. 하지만 잠시 선명해지던 의식은 빠른 속도로 달아났다. 여기서 잠들면 안 되는데, 고등학생 때는 일주일도 버텼는데, 내가 왜 이러나. 가만, 일주일이 뭐야, 최근에는 열흘 넘게 제대로 못 잤구나. 기록 경신…. 그 다음으로는 기억이 없다.

"저기요."

누군가 부르는 목소리에 차경은 눈을 번쩍 떴다. 눈앞에는 어쩐지 낯익은 얼굴이 있었다. 어디서 봤을까 기억을 더듬는 동안 콧등에 주근깨가 가득한 여자가 입을 열었다.

"세탁기 알람 울렸다고요."

아, 여기서 봤었구나. 차경은 감사하다고 중얼거리

며 정장을 꺼내 건조기로 옮겼다. 그런데 옆에 선 여자의 시선이 차경을 계속 따라왔다. 거북할 정도로 이쪽을 빤히 봐서 차경의 움직임이 어색해졌다. 스카프를 건조기에 막 넣으려는 순간, 아차. 여자도 무언가 눈치챈 듯했다.

"그거, 그쪽 거예요?"

차경이 대답 대신 건조기 문을 닫았으나, 여자가 손을 뻗어 다시 열었다. 여자의 손에서 스카프가 흔들렸다.

"이거 그쪽 거 아니잖아요."

여자는 확신에 찬 표정으로 차경을 노려보았다. 차경은 긴장으로 떨리는 눈매를 감추려 애쓰며 여자의 손에서 스카프를 빼냈다.

"왜 이러세요, 제 거예요."

"니 거라고? 이거 순 도둑년 아냐?"

밀치려는 여자를 피해 차경은 몸을 휙 돌렸다. 중심을 놓친 여자가 바닥에 쓰러졌다. 차경은 건조기에 든 정장과 스카프를 챙겨 입구를 향해 뛰었다. 어느

179

새 일어선 여자가 차경의 머리채를 잡았다. 머리 가죽이 벗겨지는 듯한 고통에 차경이 비명을 내질렀다.

잠을 제대로 잤다면 괜찮았을까? 아니, 밥을 제대로 먹었어야 했나? 왜 내가 여기에 있는 거지? 파출소 내부를 둘러보며 차경은 자문했다. 바로 앞에서 주근깨 여자가 경찰에게 이것저것 설명하고 있었다. 다른 경찰이 차경을 부르며 그쪽으로 오라고 지시했다.

"상황 다 들었고요, 주민등록번호 불러주세요."

"제 주민번호요? 왜요?"

"접수가 됐으니까 신원을 넣어야죠."

안 돼, 절대 안 돼. 자신이 신원을 밝혀야 하는 줄은 몰랐다. 엔티 담당자가 분명 알아낼 것이다. '고시원 절도 사건'. 블라인드에 뜰 제목이 머릿속에 그려졌다. 차경이 금세라도 무너질 듯한 표정으로 말할 수 없다고 했더니 경찰의 눈빛이 매서워졌다.

"왜 민증 번호를 알려주실 수가 없을까요?"

차경이 궁색하게 답했다.

"스카프 그거 진짜도 아니에요. 가짜라고요, 가짜. 그러니까."

제 죄는 그렇게 큰 게 아니잖아요, 이 말은 경찰의 말에 잘려 뱉지도 못했다. 경찰은 날카로운 목소리로 그냥 번호만 말하라고 했고 차경은 두려워졌다. 다급히 궁리해 보았으나 다른 방도가 없었다. 차경은 바닥에 무릎을 꿇었다. 과거에 도희가 했던 것처럼. 이윽고 두 손을 모아 공손하게 빌기 시작했다. 입에서는 의지와 상관없이 사죄의 말이 흘러나오고 있었다. 죄송하다고, 다시는 안 그러겠다고, 살려 달라고.

"아가씨 그럼 정말 이상해 보여요, 알아요?"

경찰의 표정이 험악해질수록 차경은 두 손을 더욱 빠르게 비벼댔다. 마음은 간절한데 당장 할 수 있는 일이 이것밖에 없으니까. 옆에서 지켜보던 주근깨 여자가 차경의 어깨를 잡으며 말했다.

"그만해요."

그러고 나서 경찰을 향해 말했다. 그냥 없던 일로 하겠다고. 접수를 취소하겠다는 거냐는 경찰의 물음에 여자는 그렇다고 대답했다. 경찰은 꺼림칙스럽다는 눈빛으로 차경과 여자를 번갈아 보다가, 그러시라고 선심 쓰듯 말했다.

파출소를 나서던 차경은 고마운 마음에 여자를 불러 세웠다. 그러고는 핸드폰 케이스 안에 부적처럼 넣고 다니던 오만 원권을 꺼내 건넸다. 한국은행에서 설계한 16가지 위조방지 장치가 완벽하게 들어가 있는 진짜 오만 원권을. 차경은 여자에게 제가 가진 가장 소중한 것을 내민 것이었으나 그걸 알 리 없는 여자는 차경을 쏘아보며 말했다.

"진짜예요."

뭐가 진짜라는 건지 혼란스러워서 차경은 아무 말도 하지 못했다.

"짭 아니라 진짜라고요."

여자는 그렇게 말하며 차경의 얼굴 앞에 스카프를 흔들어댔다. 차경은 갑자기 날아든 손을 피하려고 고개를 돌리다가 균형을 잡지 못하고 쓰러졌다. 눈알에 빠질 것 같은 충격이 왔다. 차경은 재빨리 눈에 손을 댔다. 다행히 눈은 제자리에 있었다. 몇 초 후, 믿을 수 없는 고통이 오른쪽 이마에서 느껴졌다. 넘어지면서 바닥에 이마를 찧은 모양이었다. 오른쪽 볼에 닿은 아스팔트를 밀어내며 상체를 세워 앉았다. 올려다보니 스카프를 쥔 손이 허공에서 바들바들 떨리고 있었다. 여자는 자기가 더 놀랐는지 금방이라도 울 것 같은 얼굴이었다. 울고 싶은 건 자기라고, 차경은 생각했다. 눈에 띄지 않는 외모가 장점이라면 장점이라고 줄곧 생각해 왔다. 그런데 이제 가장 중요한 면접에서 유일한 장점을 잃게 생겼다.

12

 새벽에 파출소에서 돌아온 후로 차경은 또 잠들지
못했다. 가지고 있던 화장품을 모두 꺼내 벌겋게 부
어오른 이마에 이런저런 테스트를 해봤다. 내일이면
멍이 시퍼렇게 들 텐데 이래서는 안 되겠다 싶어 차
경은 가위로 싹둑 앞머리를 잘랐다. 뭐, 나쁘지 않네.
머리카락을 청소하고 나니 새벽 2시가 지나고 있었
다. 내일은 10시까지 잘 수 있겠다. 그렇게 생각하자
이래도 되는 건가 싶었다. 한두 시간도 아니고 여덟
시간을 잠으로 날린다는 게 사치스럽게 느껴졌다. 그
래도 자둬야지. 도희도 만나야 하고 면접도 봐야 하

니까. 차경은 불을 끄고 웅크렸다. 들숨과 날숨에 집
중해 보려는데, 난데없이 머릿속에 MOZ 도시락의
기름진 고깃덩어리가 들이닥쳤다. 그 도시락을 먹고
싶다. 시큼하면서 달짝한 냄새가 나던 그 도시락을.
입안에 침이 고였다. 침을 삼키자 도시락의 이미지는
더욱 또렷해졌다. 믿기 힘들 만큼 압도적인 갈망이었
다. 이토록 강렬한 식탐은 처음이었다. 배가 고픈가?
라면을 끓일까? 아니, 그걸로는 턱도 없다. 뱃속의 장
기들이, 온몸의 세포가 그렇게 말하고 있었다. 바로
그 MOZ 도시락을 먹어야만 한다고. 얼마 만에 갖게
된 수면 시간인데, 식탐이 이렇게 들끓을 줄이야. 시
간이 지날수록 미적지근하게 들러붙은 졸음이 사라
지고 갈망은 선명해졌다. MOZ 도시락 외에는 그 어
떤 것도 중요하지 않았다. 한시라도 빨리 MOZ 도시
락을 먹어야 했다. 핸드폰으로 검색해 보니 레스토랑
오픈은 10시. 그때까지 기다릴 수 있을까? 차경은 어
둠 속에서 눈을 번뜩였다.

"고기랑 샐러드가 같이 든 게 뭐죠? 시큼한 냄새나는 거요."

MOZ 로고가 박힌 메뉴판은 처음부터 끝까지 죄다 영어였다. 한참을 들여다봤지만, 뭐가 뭔지 알 수가 없었다.

"양고기 샐러드 말씀하시는 거 같은데, 9번 베저터블 램스입니다."

메뉴판 베저터블 램스의 가격은 삼만 이천 원이었다. 차경의 일주일 치 식비다. 게다가 부가세는 별도.

"그거 주세요."

레스토랑을 가득 채운 시큼하고 달짝한 냄새 때문에 입속에서는 침이 계속해서 분비되며 위장을 자극했다. 테이블마다 놓인 음식이 마구잡이로 차경을 공격하듯 먹음직스러웠다. 자리를 잡고 앉은 차경은 음식을 기다리느라 다리를 달달 떨었다.

조금 뒤에 직원이 큼직한 접시를 차경 앞에 내려놓았다. 윤기 흐르는 양고기 덩어리가 중앙에 쌓여 있고 그 주변을 토마토와 치즈, 양상추로 구성된 샐러드가 풍성하게 둘렀다. 위에는 치즈 가루가 소복이 내려앉았다.

냄새를 맡아보니 시큼한 향신료 냄새가 코를 자극했다. 맞구나. 무거운 포크로 양고기와 채소를 한꺼번에 푹 찍어 입에 넣었다. 습관처럼 씹어대던 안쪽 볼살의 상처가 벌어지며 푹푹 쑤시는 듯한 통증이 일었지만 개의치 않았다. 차경은 모든 의식을 끌어모아 음식을 씹는 어금니에 집중했다. 양고기에서 터져 나온 육즙이 채소와 함께 어우러져 혀와 이를 감쌌다. 스르륵 눈을 감아 시각 정보를 차단하니 미각은 더욱 선명하게 살아났다. 오랜만에 무언가를 제대로 씹고 있다는 느낌이 들었다. 입안의 조각들이 사라지고 나면 차경은 눈을 번쩍 뜨고는 다음 고깃덩어리를 포크로 푸욱 찔렀다.

*

넉넉히 식사를 마치고도 도희와의 약속 시간까지

는 한 시간이나 남았다. 차경은 앉으면 잠들까 봐 건물 주변을 거닐었다. 도희가 MOZ 도시락을 사서 들어가는 걸 보고서 주차장으로 향했다. 어제와 달리 CCTV가 작동되고 있었다. 순간, 저기에 찍혀서는 안 되겠다는 생각이 들었다. 도희와의 이야기가 잘 풀리지 않을 수도 있으니까. 차경은 원준의 포르쉐와 CCTV를 번갈아 보다가 근처를 돌며 주먹 크기의 돌을 몇 개 주웠다. 분사 거리 때문에 애를 먹은 락카보다는 돌이 나을 것 같았다.

차경은 CCTV와 블랙박스를 피할 수 있는 위치에 서서 집중해서 돌을 던졌다. 아차, 무게 때문에 돌이 바퀴 앞쪽에 떨어졌다. 조금 더 힘주어 던지니 이번에는 너무 멀리 날아갔다. 남은 돌이 몇 개 없다. 신중하자. 차경은 미간에 힘을 주며 다음 돌을 던졌다. 돌은 우아하게 포물선을 그리며 날아가 포르쉐 옆문에 세게 부딪혔다. 갑자기 울려 퍼지는 사이렌에 차경은 깜짝 놀랐다. 경보음이 이 정도로 클 줄은 몰랐다. 소리를 듣고 달려온 원준이 포르쉐를 확인하더니 황급히 몰고 나갔다. 그 모습을 지켜본 뒤, 차경은 엘리베이터 기사가 했던 대로 건물 전원의 수동 차단기를 내렸다. 핸드폰 앱에 커넥팅 에러 표시가 뜬 것을 확인하고는 612 숍으로 들어갔다.

베저터블 램스의 시큼하고 달짝한 냄새가 코로 훅 들어왔다. 같은 음식이 이미 위장에서 소화되고 있는 차경은 메스꺼움에 인상을 찌푸렸다. 쨍하게 파란 니트 원피스를 입은 도희가 심각한 표정으로 핸드폰을 들여다보고 있었다. 전기가 나간 것 따위 신경 쓰이지 않는 듯했다. 한 박자 늦게 고개를 든 도희의 얼굴이 갑자기 밝아졌다.

"오, 예쁘다. 너 앞머리 내린 건 처음 봐. 어울리네."

차경은 민망해하며 고개를 두어 번 끄덕였다. 핸드폰으로 시선을 내리는 도희의 얼굴이 다시 어두워졌다.

"기사 봤어?"

차경이 눈을 동그랗게 뜨자 도희가 말을 이었다.

"우리 아빠가 무슨 장관 후보자급이나 되면 말을 안 해. 뭐라고 나를 털고 있냐고."

며칠 동안 정신이 없어서 고호범의 뉴스는 찾아보지 못했다. 지역 선거구에 출마하게 된 모양인데 사람들이 어디까지 찾아낼까? 문득 시선이 느껴져 통창 쪽으로 고개를 돌리니 밖에서 여자 둘이 진열대를 구경하고 있었다. 차경이 급히 진열대로 다가가 암막 커튼을 닫으며 물었다.

"뭐 걸렸어?"

"걸려? 내가? 나 아무 죄도 없잖아. 니가 그렇게 만들어줄 거잖아."

그렇게 말하며 도희가 개를 부를 때처럼 손을 내밀어 제 몸 쪽으로 가볍게 까딱거렸다. 완성물을 달라는 뜻인 듯했다. 차경은 한 호흡을 내쉰 후에 말했다.

"안 했어. 위조는 범죄잖아."

도희는 조금 길다 싶게 차경을 보다가 콧등에 주름을 만들며 웃었다. 안타까워서 어쩌냐는 표정으로. 그러고는 애를 어르듯 곡조를 넣어 말했다.

"야아, 성차경. 왜 또 그래. 너는 가만 보면 팀워크가 정말 부족해. 애가 이기적이야."

차경은 가방에서 자신의 성적표와 생기부 등을 꺼냈다. 그걸 보는 도희의 눈에 웃음기가 사라졌다. 차경이 빠르게 입을 열었다.

"이걸 왜 가지고 있었던 거야? 설마 이걸 증거라고 협박했던 거야?"

말이 채 끝나기도 전에 도희가 몸을 돌려 금고를 열었다. 텅 빈 금고 앞에 가만히 선 도희가 정지 화면처럼 보였다.

잠시 후, 도희가 차경 앞에 핸드폰을 흔들어댔다.

"그래, 그럼 본부장님한테 전화할게. 어제 통화했는데 오늘 면접 심사 들어간다 그러시더라고. 너도 봤지? 안경 끼고 쌍꺼풀 짙은."

말하면서 도희는 전화를 걸고 스피커폰을 눌렀다. 통화음이 울리다가 여보세요, 하는 목소리가 들려왔다. 차경은 다급하게 손을 뻗어 종료 버튼을 눌렀다. 도희가 차경을 막으려고 손목을 비틀자 몸싸움이 시작되었다. 이게 아닌데. 이럴 시간이 없는데. 증거를 받고 나가야 하는데. 생각하는 동안 도희에게 잡힌 블라우스가 부욱 찢어졌다. 차경은 도희의 머리채를 잡았다. 목이 획 꺾인 도희의 날숨에는 쇳소리가 섞였다. 차경의 머릿속에 불이 켜졌다. 대화도 물물교환도 모두 실패했으니, 이제 협박으로 넘어가야겠다. 빠르게 손을 뻗어 코와 입을 막으려고 하자, 도희가 버둥거리다가 차경의 이마를 쳐냈다. 어제 찧었던 부위가 눌리며 끔찍한 고통이 전해졌다. 비명을 지르며 고개를 돌리는 순간, 눈앞에 놓인 MOZ 비닐이 보였다. 차경은 손을 뻗어서 비닐을 낚아채고는 도희의 얼굴에 씌웠다. 허공을 가르던 도희의 손톱이 차경의 눈알에 박힐 뻔했다. 차경은 놀라서 고개를 젖히며 손아귀에 힘을 주었다. 얼마나 지났을까? 십 초? 아니면 일 분? 버둥거리던 도희가 좀 잠잠해졌다 싶어서 차경이 손에 힘을 풀었다. 그러자 틈을 노린 도희가 박치기를 해서 차경의 턱이 천장 쪽으로 들렸다. 골이 깨질 듯이 아프고 눈앞이 깜깜해졌다. 차경은 엉덩방아를 찧으며 밀려났다. 시력이 돌아오기를 기다렸다가 고개를 드니 어느새 비닐을 걷어낸 도희가 숨을 크게 몰아쉬고 있었다. 얼굴에 있는 모든 구멍에서 뭔가가 흘러나와 지저분했다. 입 밖으로는 신음 같기도 하고 기침 같기도 한, 이상한 소리가 뚝뚝 끊어지며 삐져나왔다. 두 눈에는 빛이 사라져 흐리멍덩했다. 차경이 힘주어 말했다.

"나도 이러기 싫어. 부탁이야. 증거가 있으면 줘."

도희는 불안할 정도로 몸을 크게 떨며 걸음을 옮기기 시작했다. 목과 코가 조여드는지 숨이 힘겹게 들어가고 나왔다. 짧은 순간에도 입술이 푸르게 변하는 게 보였다. 도희는 전면 벽을 장식한 진열대 귀퉁이에 멈추어 섰다. 차경이 미처 살피지 못했던 곳이다. 검은색 상자를 여니 오만 원권이 드러났다. 차경은 여러 장 중 하나를 들어 찬찬히 살펴보았다. 드러날 것은 드러났지만, 반짝일 것이 반짝이지 않았다. 펄 매니큐어 작업을 하지 못했으니까. 띠형 홀로그램과 노출 은선이 있어야 할 자리에 탁한 회색만 칠해져 있었다. 정확하게 아홉 장. 증거가 진짜 있었던 거구나. 이제라도 갖게 되어서 다행이다. 그렇게 생각하는 동안 도희의 손이 차경의 팔을 잡았다. 오만 원권에서 시선을 거둬 돌아보니 도희가 첫소리를 내며 들숨을 반복하고 있었다. 그 사이로 힘겹게 목소리가 새어 나왔다.

"흡, 입기."

차경은 가방에서 흡입기를 꺼내 도희 앞에 흔들며 물었다.

"이걸 달라는 거지?"

흡입기를 바라보는 도희의 얼굴이 일그러졌다. 조금 전까지와는 확연히 다른 변화였다. 두 눈은 튀어나올 듯 부풀었고 볼과 턱의 근육은 기괴할 정도로 뒤틀렸다. 차경은 급하게 말을 붙였다.

"이제 말해줘. 내 성적표랑 생기부는 왜 가지고 있었던 거야? 가게 이름은 또 왜 612로 지은 건데, 어?"

도희는 괴로운 듯 거친 숨을 몰아쉬며 차경을 노려보았다. 이윽고 도희의 입술 사이로 아주 작은 목소리가 흘러나왔다.

"알아야지, 너는."

"뭐?"

도희는 고통스러운 얼굴로 가쁘게 숨을 삼켰다. 차경이 다시 물었다.

"나는 알아야 된다고? 왜?"

말이 채 끝나기도 전에 어디선가 둔탁한 파열음이 났다. 이게 무슨 소리지? 깨달았을 때 차경은 이미 바닥에 쓰러진 후였다. 상체를 압박하는 무게를 느끼고서야 도희가 몸을 날려 자신을 공격했음을 깨달았다. 콧물인지 침인지 모를 액체가 차경의 얼굴로 사정없이 떨어지고 있었다. 자빠지면서 놓쳤는지, 흡입기는 바로 앞 바닥에 널브러져 있었다. 도희가 그쪽으로 몸을 돌리려고 해서 차경이 팔을 뻗어 막아냈다. 숨을 못 쉬어 꺽꺽거리면서도 도희는 차경의 왼팔을 거칠게 비틀었다. 손목이 심하게 돌아간다 싶더니 일순 빡 뭔가가 끊어지는 느낌과 함께 상상하지 못했던 통증이 전해졌다.

"씨팔!"

갈라지며 튀어나온 자신의 목소리에 차경은 숨을 멈추었다. 시간이 기이하게 휘어지며 손목에서 느껴지는 통증과 자신을 분리해 냈다. 그 덕에 차경은 자신이 내뱉은 씨팔에 집중할 수 있었다. 절망적인 기분이 들었다. 씨팔이었구나. 씨발도 시팔도 아닌 씨팔. 가장 불쌍한 쪽. 사랑 자체가 뭔지를 모르는 쪽. 처음으로 자신에 대해 알 것 같은 기분이 들었다.

어깨에 내리꽂히는 생생한 고통과 함께 휘어졌던 시간이 제 속도를 찾았다. 도희가 바닥에 누운 차경의 어깨를 밟고 있었다. 흡입기를 향해 팔을 허우적거리면서. 차경은 몸을 돌리며 도희의 다리를 잡아 넘어뜨렸다. 퍽 소리와 함께 도희가 머리를 찧으며 쓰러졌다. 경련 같은 떨림이 일면서 흰자위가 번들거렸다. 차경은 뒷걸음질로 도희에게서 멀어졌다. 움직일 때마다 손목에 믿을 수 없을 정도로 강한 고통이 전해졌다. 인대가 늘어나거나 뼈가 부러졌을지도 모르겠다. 오른손으로 왼손을 받치듯이 잡은 채, 차경은 눈을 크게 떴다. 도희는 바들바들 떨면서도 몸을 뒤집는 데 성공했다. 손목의 통증만 아니었더라면 손뼉을 쳐주고 싶을 정도로 감격스러운 성공이었다. 도희는 거기서 멈추지 않았다. 미약하지만 분명하게, 흡입기를 향해 기어가기 시작한 것이다. 평소의 도희에게서는 찾아볼 수 없었던 그 끈질긴 인내와 노력의 순간을, 차경은 홀린 듯이 바라보았다.

눈이 부시던 파란 원피스는 이곳저곳이 찢어져 속살이 훤히 드러났고 볼과 이마에는 머리카락이 엉겨붙었다. 눈에서는 묘한 안광이 흘러나왔고 퍼런 입술은 크게 벌어졌다. 그 모든 것이 알 수 없는 리듬에 맞춰 흔들리고 있었다. 어떻게 보이겠다는 의지가 사라진, 꾸밈없는 아름다움. 차경은 도희를 바라보며 직감했다. 자신은 앞으로 영원히 이렇게 아름다운 장면은 보지 못하게 될 거라고.

그렇게 얼마나 있었을까? 바들거리는 도희의 손끝에 흡입기가 닿을 듯해 차경이 놀라 튀어갔다. 흡입기를 발로 차 멀리 입구까지 보내고서 도희를 향해 뒤돌아섰다. 다시 그 아름다운 움직임을 보여주기를 바라면서. 하지만 상체를 간신히 들어 차경을 쏘아보며 꺽꺽거리던 도희는, 아주 약간의 전진도 하지 못한 채 그대로 고꾸라졌다.

13

어디선가 벨 소리가 들려왔다. 먼 곳에 있던 의식이 빠르게 돌아왔다. 그제야 바로 앞에 엎어진 도희가 보였다. 꼭 잠이 든 것처럼 보여서 차경은 조심스럽게 다가가 도희를 뒤집었다. 눈은 뜨고 있었는데, 동공이 뒤로 말려 올라간 듯 둥근 테두리만 남아 있었다. 시퍼런 입술은 턱이 빠질 듯이 크게 벌어졌다. 보는 사람의 얼굴이 절로 찌푸려질 정도로 끔찍하고 기괴한 모습이었다. 아름다움은 사라지고 없었다.

"도희야?"

작게 불러보았으나 대답이 없었다. 차경은 앞에 떨

어진 흡입기를 주워 도희의 입에 넣어주었다. 아무런 반응이 없었다. 말도 안 돼. 오 분은 버틴다며. 덜덜 떨리는 손으로 가방에 있던 천식약을 꺼내 도희의 입 안에 털어 넣었다. 역시 아무런 반응이 없었다. 도희가 천식약을 삼키지도 못하고 흡입기를 빨아들이지도 못한다는 사실에 두려움이 몰려왔다. 도대체 무슨 일이 벌어진 거지? 그리고 그때, 다시 벨 소리가 들렸다. 도희의 핸드폰에서 나는 소리인 것 같은데, 어디에 있지? 이리저리 눈으로 뒤지다가 테이블 위에 놓인 핸드폰을 찾아냈다. 친구가 네일을 받고 있는데 시간이 좀 걸린다며 2시 20분까지 가겠다는 메시지를 보냈다. 망했다. 이제 다 끝이구나. 도희 친구가 오면 이 난리를 다 보겠구나. 차경 내부의 중요한 뭔가가 빠르게 추락하고 있었다. 회복될 수 없을 것만 같았다. 그때 주머니에서 작은 진동이 느껴졌다. 차경을 흔들기에 충분한 자극이었다. 핸드폰을 꺼내 보니 엔티 담당자였다. 3시 면접에 늦지 말라는 당부 문자였다. 번뜩 정신이 들었다. 지금은 1시 32분. 삼십 분 후에는 엔티로 출발해야 한다. 그래, 엔티로 가기만 하면 돼. 아무것도 끝나지 않았어. 지금부터 시작이야.

차경은 도희 핸드폰을 들고 친구가 보낸 채팅창을 다시 확인했다. 대화를 죽 훑고 도희가 하듯 ㅇㅇ을 보낸 뒤 주변에 널브러진 것을 찬찬히 둘러보았다. 오만 원권들과 자신의 성적표와 생기부, 바론과 관련된 영문 서류들, 그리고 도희. 없애야 하는 증거가 너무 많다. 고작 오만 원권 몇 장 때문에 지난 오 년을 지옥처럼 살아왔다. 치워버려야 할 것이 눈앞에 많아도 너무 많다. 간신히 품었던 희망 위로 거대한 무력감이 드리웠다. 순간, 과거에서 온 듯한 목소리가 튀어 올랐다. 태우자. 그래, 태우자. 손끝과 발끝에 힘이 다시 들어갔다. 차경은 작업대로 걸음을 옮겼다. 뭔가 쓸 만한 게 있을 텐데. 아세톤 한 통, 산화제, 토치 따위가 보였다. 차경은 급한 대로 아세톤과 산화제를 열고 도희와 물건들 위에 뿌렸다. 증거를 태우기에는 양이 턱없이 부족했다. 근처에 철물점이나 페인트 가게가 있었나? 시너 같은 게 필요한데. 시너? 시너가 있었잖

201

아. 핸드폰 메모장을 뒤져 원준의 사무실 비밀번호를 찾아냈다. 차경은 달려가서 사무실 문을 열었다.

왼팔을 쓸 수가 없으니, 옮기는 게 쉽지 않았다. 시너를 빼내기 위해서는 페인트를 밀어야 했는데 그러고 나자 힘이 거의 남지 않았다. 가쁘게 숨을 몰아쉬며 시너통을 질질 끌고 나왔다. 혹시 모를 목격자를 신경 쓰느라 건물 안으로 들어가서 612 숍 뒷문을 열었다. 평지라 질질 끌기만 하는데도 오른팔이 심하게 후들거렸다.

그렇게 두 번을 반복하고 뒷문을 막 닫는데, 화재경보기가 생각났다. 전원 차단기 옆에 있던 화재경보기. 증거가 전부 타기 전에 울리면 곤란하다. 검색해보니 유튜버의 설명과는 다르게 끄는 방법이 그리 간단하지 않았다. 복잡한 절차를 서너 번 눈으로 먼저 익히고 나서야 더듬더듬 따라 할 수 있었다. 수습을 마치고 숍으로 돌아가니 1시 47분. 이제 정리해야 한다. 놓치는 게 있으면 안 된다.

아름다움을 잃은 도희 주변에 종이 박스들과 의자,

쿠션 등 탈 만한 것들을 모두 끌어와서 쌓았다. 널브러진 오만 원권, 호흡기, 자신의 기록들, 그리고 도희. 모든 것이 사라질 것이다. 차경은 그 위에 시너를 들이부었다. 처음에는 늙혀서 흘려보내다가 들 수 있는 무게가 되자 끼얹듯이 부었다. 톡 쏘는 매캐한 냄새에 현기증이 일었다. 아주 미세한 바늘들이 코와 눈을 사정없이 찌르는 듯했다. 최대한 숨을 적게 들이마시려고 혀뿌리를 입천장에 단단히 붙였다.

손에 묻은 시너를 씻어내다가 거울에 비친 자신을 보게 되었다. 블라우스는 찢어져 있었고 앞머리는 떡이 져 시퍼런 멍이 그대로 드러났다. 이 꼴로는 면접을 볼 수가 없다. 얼굴에 붙은 알 수 없는 오물들을 떼어내고 세수를 했다. 이마에 손이 닿을 때마다 상처가 심하게 쓰라렸지만 발가락에 힘을 주며 버텨냈다. 앞머리까지 깨끗하게 씻은 후에는 수건으로 물기를 털어내고 멍을 가렸다. 이제 옷을 갈아입어야겠다. 도희의 옷장에서 적당해 보이는 블라우스와 치마를 골라 입었다. 살짝 크기는 해도 옷 자체의 완성도가 높아서 나쁘지 않아 보였다. 덜렁거리는 손목은 가슴 쪽에 붙이고 스카프를 삼각건처럼 감싸 목 뒤로 묶어 고정했다. 한결 움직이기가 편했다. 벗어둔 자신의 옷은 도희 쪽으로 던졌다. 함께 타버리라고.

이쯤이면 준비가 끝난 듯싶어 주변을 둘러보는데 도희의 핸드폰이 눈에 띄었다. 아차, 하마터면 중요한 걸 놓칠 뻔했다. 차경은 뛰어가서 핸드폰을 쥐고는 인스타에 「모두 안녕. 더 이상 버틸 수가 없어.」라고 썼다. 왼손을 사용하지 못해 자판 하나하나를 누르는 게 더뎠다. 게시물을 공유한 후에는 걸음을 옮겨 도희의 손에 핸드폰을 쥐여주었다. 다행히 손은 아직 말랑해서 원하는 모양으로 핸드폰을 감쌀 수 있었다.

정말 마지막으로 할 일만 남았다. 불붙이기. 가까이서 붙였다가는 자신마저 타버릴 수 있다. 조심해야 한다. 도망칠 거리를 확보하려면, 역시 던지는 게 좋겠다. 오전에 돌멩이를 몇 번 던져봤으니 이번에도 제대로 해낼 수 있을 것이다. 차경은 작업대에 있던 라이터와 토치를 챙겨서 뒷문 가까이에 섰다. 먼저 작은 라이터에 불을 붙이고 손목에 힘을 주어 던졌다. 라이터는 날아가는 동안 불이 꺼져 바닥에 닿아도 불꽃이 일지 않았다. 그렇다면, 토치다. 토치 가스를 틀고 라이터로 불을 붙였다. 생각보다 화력이 강해 조금 무서웠다. 차경은 크게 심호흡을 한 뒤, 도희를 향해 토치를 던지고 그곳을 빠르게 걸어 나왔다.

밖으로 나오자마자 느껴진 것은 신선한 공기였다. 입을 벌리고 크게 들이마시니 물을 급하게 마실 때처럼 기침이 났다. 그 기침이 장기를 자극해서 베저터블 램스를 토해내려고 했다. 아니, 그럴 수는 없다. 삼만 이천 원을 이렇게 뱉어낼 수는 없다. 차경은 어떻게든 참아보려고 허리를 굽혔다. 그러면서도 건물과 최대한 멀리 떨어지기 위해 두 다리는 열심히 움직이고 있었다. 자주 가던 카페를 지나 횡단보도 앞에 막 서자 펑 무언가가 터지는 소리가 났다. 그 소리에 놀라 어긋났던 몸의 리듬이 제 속도를 찾았다. 차경은 멈춰 서서 천천히 몸을 돌렸다. 612 숍 통창에 쳐두었던 암막 커튼이 활활 타고 있었다. 반쯤 타오른 커튼 너머로 화려한 불길이 일렁였다. 흔들리며 치솟다가 다시 넓게 퍼졌다. 공간을 점령한 채 눈부신 퍼포먼스를 펼치고 있었다. 지나던 행인들이 건물에 모여들어서 통창을 자꾸만 가렸다. 차경은 상체를 이리저리 움직이며 시야를 확보하려 했다. 사람들 뒤통수 사이로 보이는 통창에 누군가의 실루엣이 아른거렸다. 그럴 리가 없는데. 차경은 미간에 주름을 모으며 집중했다. 불길 속에서 드러나는 얼굴은, 놀랍게도 혜미였다. 그렇구나, 혜미구나. 어떻게 혜미가 저기 있지? 차경은 뻑뻑한 눈을 비비고 다시 바라봤다. 혜미의 얼굴은 어느샌가 도희로 바뀌어 있었다. 도희? 이건 뭔가 잘못된 건데. 한 번 더 눈을 비비고 그쪽을 보려다가, 차경은 획 고개를 돌렸다. 이번에는 거기에 자신의 얼굴이 있을 것만 같아서.

*

차경은 삼 분을 남겨놓고 엔티에 도착했다. 어지러운 호흡을 고르며 계단을 오르는데 숍에서 본 불길이 자꾸만 눈앞에 일렁였다. 차경은 계단 중간에 서서 눈을 꼭 감고 고개를 세차게 흔들었다. 왜 이러나? 눈을 다시 떠도 불길은 여전했다. 인상을 찌푸리며 시선을 돌리고서야 크리스털 조형물이 눈에 들어왔다. 수백 개의 작은 판에 반사된 빛이 차경의 눈을 날카롭게 찔러댔다. 눈을 감으면 괜찮은 듯하다가도 눈을 뜨면 바로 불편해졌다. 속에서 타오른 불길은 조형물에서 벗어나 회의실에 와서도 사라지지 않았다. 면접관들 앞에서까지 눈을 감고 있을 수는 없어서 차경은 두 눈에 힘을 꽉 주었다. 그 덕분에 두 눈에서 안광이 뿜어져 나와 다른 지원자들과는 다른, 강렬한 인상이 생겨났다. 면접관 중 한 명이 에너지가 넘쳐 보인다고 언급할 정도였다. 자기소개를 해보라는 지시에 차경은 스카프에 감긴 왼쪽 팔을 들어 보였다. 그러면서 낮에 사소한 사고로 손목을 다쳤지만 이렇게 여러 분들 앞에 설 수 있었다며, 정말 다행이라고 말했다. 면접관 중 한 명이 걱정스러운 듯 물었다.

"몸 상태가 안 좋아 보이는데, 병원부터 가야 하는 거 아니에요?"

"걱정해 주셔서 감사합니다."

순간 차경의 머릿속에 며칠 전에 유튜브에서 본 쇼츠 하나가 떠올랐다. 성공하는 사람들의 행동 패턴에 대한 영상이었는데, 당시에는 뻔하다고 느꼈던 문장이 놀랍게도 통째로 기억났다.

"우리는 상황을 통제할 수는 없지만, 생각과 행동은 선택할 수 있습니다. 말씀하신 것처럼 병원부터 갈 수도 있었겠지만 저는 이곳을 택했습니다."

차경은 순식간에 성공하는 사람으로 둔갑했고 면접관들을 홀렸다. 몇몇 면접관의 눈에 담긴 빛을 보며 차경은 합격을 확신했다. 그리고 그 빛은 회의실에 있는 다른 지원자의 눈에도 담겨, 차경이 성공에 가까워지도록 부추겨 주었다.

면접을 마친 차경은 엔티 건물 앞 가로수에 몸을 기대고 뉴스부터 확인했다. 속보는 아직 올라오지 않았다. 유튜브에는 「청담동 화재 현장」이라는 라이브 채널이 몇 개 열려 있었지만, 들어가 보면 '생중계 준비 중'이라는 자막만 떠 있었다. CCTV 앱도 여전히 먹통이었다. 차경은 원준에게 전화를 걸었다. 통화가 연결되자마자 소음이 뒤따랐다. 몇 초 후, 소음보다 더 시끄러운 원준의 목소리가 들려왔다.

"여보세요? 차경 씨? 차경 씨는 어디예요?"

"왜 이렇게 시끄러워요? 저는 면접 왔어요."

원준은 차경의 대답은 듣지도 않고 누군가에게 그거 건들지 마세요, 라고 말했다. 다시 통화로 돌아온 원준이 말했다.

"차경 씨, 놀라지 말고 들어요."

그렇게 말하고는 갑작스럽게 울기 시작했다. 처음에는 계속 한숨을 쉬는 줄 알았는데, 잘 들어보니 울음소리였다. 진정하기까지 시간이 걸릴 것 같아서 차경은 통화 설정을 스피커폰으로 바꾸고 유튜브 창으로 되돌아갔다. 조금 전까지 '생중계 준비 중'이라고 떠 있던 뉴스의 화면이 열렸다. 리포터 뒤로 낯익은 청담동 거리가 펼쳐졌다. 멀리서 소방관들이 부산스럽게 지나고 있었고 구급대원들의 모습도 보였다. 화면 아래에는 「청담동 상가 건물 화재로 인근 교통마비」라는 자막이 떴다. 그 위로 원준의 목소리가 들렸다.

"차경 씨는 친구니까. 하, 진짜⋯."

리포터 뒤로 대원들이 들것을 들고 나오는 모습이 보였다. 들것을 주시한 차경의 눈에 불이 튀었다. 졸린 것도 아닌데 볼 안쪽을 뜯었다. 더 씹다가는 볼에 구멍이 뚫릴 것만 같았다. 구급대원들이 방향을 바꾸자 들것이 훤히 드러났다. 순간 차경은 똑똑히 보았다. 들것을 완전히 덮은 흰 천을.

"도희 씨가 죽었대요."

차경의 동공에 흰 천이 선명하게 박혔다. 볼 안쪽에서 비릿하게 피 맛이 났다.

*

  타다다닥. 단칸방 이불 위를 경찰들의 구둣발이 어
지러이 뛰어다녔다. 엎어진 밥상 주변에는 김치찌
개가 누런 장판 위로 흘러내리며 자국을 남겼다. 구
석에는 다섯 살 차경이 미동도 없이 웅크리고 있었
다. 주방 쪽문으로 도망치려던 엄마와 아빠가 경찰에
게 잡히자 소리를 지르며 발버둥쳤다. 유리창이 깨지
는 소리와 함께 찢어질 듯한 엄마의 비명이 터져 나
왔다. 차경은 목 놓아 엉엉 울고 싶었지만, 공포와 두
려움에 질려 울 여유조차 없었다. 몸을 작게, 더욱 작
게 웅크릴 뿐이었다. 두 눈은 엄마가 쥐여준 오만 원
권 속 신사임당에게 꽂혀 있었다. 질질 끌려 나오던
엄마가 문틀을 잡고 버티며 빠드득 빠드득 손톱 긁는
소리를 냈다. 차경은 들려오는 소리를 떨쳐내려고 오
만 원권에 집중했다. 눈앞으로 가져와서 신사임당의
왼쪽 눈을 보다가 오른쪽 눈을 보고, 살짝 떨어뜨려
서 두 눈을 한꺼번에 봤다. 매직아이를 볼 때처럼 눈

211

근육이 뻐근했다. 그리고 그때, 아주 멀리에서 엄마의 목소리가 들려왔다.

"차경아."

몸 이곳저곳을 때리는 듯한 둔탁한 파열음 이후에는 이상하게 딱딱 끊어지는 호흡이 이어졌다. 차경은 다시, 신사임당을 얼굴에 붙일 듯 갖다 댔다. 눈과 주변에 박힌 점들이 징그럽다는 생각이 들면 멀찍이 밀어냈다. 자잘한 점들이 순식간에 사라지면서 부드러운 신사임당의 전체 얼굴이 드러났다.

그날 그 장면은 차경의 머릿속에서 너무 자주 반복되어 어디까지가 실제이고 어디까지가 상상인지 헷갈릴 정도였다. 차경이 웅크리고 있던 방에서 엄마의 숨이 끊어진 공용 화장실 앞까지는 5미터가 채 안 되었지만, 머릿속에서는 영원히 닿을 수 없는 아득히 먼 곳으로 바뀌어 자리를 잡았다. 할머니는 가끔 엄마가 죽던 날 니 년은 대체 뭘 하고 있었느냐며 타박하곤 했다. 차경은 아무 말도 할 수가 없었다. 아주 먼 곳에서 신사임당의 얼굴을 보고 또 보고 있었다고. 그래서 괜찮았다는 그 말은 아무래도 할 수가 없었다.

　고시원 방은 원래의 구조대로 재배치했다. 깁스한 왼손 때문에 고생을 했지만, 제 용도로 사용할 수 있도록 장롱을 세우고 침대를 눕혔다. 샤워까지 마친 차경은 호흡을 고른 후 조심스럽게 침대에 기대 누웠다. 그러자 별다른 의식도 없이 기지개가 나왔다. 손끝, 발끝을 길게 뻗어도 닿는 곳이 없었다. 몸을 충분히 늘릴 수 있다는 그 사실이, 호사스럽게 느껴질 정도로 좋았다. 그래서 기지개를 다 켜고 나서도 손끝, 발끝을 뻗은 채 조금 더 버둥거렸다. 그러고 나서 차경은 배 위에 아이패드를 올렸다. 할 일은 해야 하니까. 뉴스 기사에 삽입된 고호범의 사진이 보였다. 고호범이 후보자 사퇴를 선언했다는 기사가 줄줄이 이어졌다. 당의 전략적 결정이다, 개인적인 문제다 등의 추측성 기사들 아래 도희에 대한 기사도 몇 개 붙어 있었다. 후보자의 외동딸이 상가건물에서 불에 타

213

숨진 채 발견되었는데, 경찰은 화재의 원인과 경위를 조사 중에 있다고. 몇십 개의 기사를 클릭해 봐도 사퇴 이야기가 압도적으로 많았다. 도희의 죽음에 대한 직접적인 언급은 없었지만 기사 하단에 붙은 「우울감 등 말하기 어려운 고민이 있거나」라고 시작하는 안내 문구가 기자들이 자살이라고 잠정했음을 알려 주었다. 멍하니 스크롤을 내리던 차경은 비슷비슷한 기사 창을 한꺼번에 닫았다. 아예 아이패드 전원까지 끄려다가 동작을 멈추었다.

검색창을 열어 깜빡이는 커서를 잠시 바라본 후 '성차경'을 타이핑했다. 수많은 성차경이 쏟아졌다. 동명의 인물이 이렇게나 많은 줄은 몰랐다. 그중 아이들 사진이 가득한 페이지를 클릭했다. 강릉에 있는 초등학교 블로그였는데 담임 교사의 이름이 성차경이었다. 아이들이 밝게 웃으며 찰흙 놀이를 하는 사진, 운동회 날의 사진 등등이 설명 한 줄도 없이 길게 이어졌다. 어찌된 일인지 차경은 사진들에서 눈을 뗄 수가 없었다. 한 장, 또 한 장, 천천히 아주 천천히 눈꺼풀이 감겼다. 정신을 차리려고 습관처럼 볼 안쪽을 씹다가 차경은 불현듯 깨달았다. 아, 이제 자도 되는구나, 그렇구나. 감사합니다. 정말 감사합니다. 아득한 의식 너머로 희미하지만 강렬하게, 차경은 알지 못하는 존재에게 고마워했다. 한없는 그 마음에 눈물이 주르륵 흘러내렸고, 힘주어 들었던 눈꺼풀도 스르륵 내려갔다. 까닭 없는 눈물은 계속 흘러 베개를 축축하게 적시고 있었다. 따뜻하고 포근했다. 코를 통과하는 숨이 들락날락 리듬을 만들었고 그 리듬에 맞춰 가슴팍이 오르락내리락 율동했다. 베개의 눈물 자국도 천천히 번져나갔다. 그렇게 차경은 울면서 잠이 들었다.

4부

14

"숨이 안 쉬어져. 숨이 안 쉬어져."

자주색 한복을 입은 도령이 방울을 흔들며 꺽꺽거
렸다. 차경은 고개를 숙인 채 눈만 살짝 치켜떠 도령
의 얼굴을 살폈다. 저 사람이 뭘 알고 저러나? 말투뿐
만 아니라 목소리까지 도희를 꼭 닮게 흉내 내는 게
섬뜩했다. 며칠 전, 원준이 도령에게 가자고 말했을
때, 차경은 바로 수락했다. 장롱 바닥에서 시어머니
땅문서를 찾아냈다던 바로 그 도령이었다. 처음 만난
자리에서 시어머니는 가족 관계를 묻는 대신, 차경의
생년월일과 시를 물었다. 차경은 도령에게 내심 고

마웠다. 이후 원준과의 만남을 반대하지 않은 이유는 도령이 봐준 궁합이 괜찮았기 때문일 것이다. 차경은 반가운 마음으로 방석에 앉았건만, 도령은 시선을 한 번 맞추더니 두 눈을 꼭 감고 방울만 흔들어댔다. 한참을 그러다가 갑자기 숨이 안 쉬어진다며 살려달라고 했다. 두 손까지 고이 모아 싹싹 빌면서.

얼마 안 있어 청량한 방울 소리와 함께 도령이 눈을 번쩍 떴다.

"어우 괴로워, 누구예요. 누가 이렇게 힘들어요. 누가 아파요?"

"얘네 할머니요, 할머니가 아프세요."

옆에서 원준이 큰 목소리로 대신 답했다. 도령은 그럴 줄 알았다는 듯 고개를 끄덕이며 그분이 기가 엄청 세네, 니 옆에서 안 떨어지려고 한다, 했다.

"그럼 뭐 부적을 써야 하나요? 아니면 굿을 해야 하나?"

원준의 질문에 도령이 꽥 호통을 쳤다.

"할머니가 아프다며. 할머니 죽어라아, 그러고 부

적을 쓰고 굿을 해? 이 짝이 기가 세서 괜찮아. 문제
는 그 짝이야. 이 분 안 만났으면 죽었다아, 그래요.
귀인 만나서 죽을 놈이 용케도 살았다아, 그래요."

상당히 리드미컬한 말투였다. 차경은 자신이 죽을
놈이 아니라 귀인임에 안도했다. 같은 말을 여러 번,
표현을 바꿔가며 내뱉던 도령이 눈을 지그시 감고 말
했다.

"뭐 더 묻고 싶은 거 있어요?"

정해진 시간이 끝난 모양이었다. 차경은 원준이 신
경 쓰였지만 물을 수밖에 없었다.

"저기, 좀 전에 숨이 막 안 쉬어진다고 그러셨잖아
요. 왜 그러신 거예요?"

"모르지, 나야. 몸이 반응하니까 그러지. 지금도 나
너무 힘들어. 장군님이 빨리 내쫓아라, 그러시는 거
천 여사님 생각해서 버티는 거예요."

"장군님이라는 분이 절 내보내라고 하신다고요?
숨이 안 쉬어진다는 것도 그분이 말씀해 주시는 건가
요? 혹시 이유 같은 건 말씀해 주시지 않았나요? 제

가 좀 궁금해서요."

차경은 최대한 정중하게 물었으나 도령의 얼굴은 점점 굳어갔다. 그러더니 지금까지와는 다른, 굵고 큰 목소리가 도령의 입 밖으로 튀어나왔다.

"나가! 나가 이 잡것아!"

차경은 신당을 나와서도 도령이 도희를 흉내 낸 게 신경 쓰였다. 정확하게는 도령이 모시는 장군이. 영험한 장군의 현시를 받아놓고도 도령은 제가 누구를 흉내 낸 것인지 알지 못했다. 만약, 제대로 알게 된다면 어떻게 해야 하지? 도령이 시어머니에게 뭐라고 떠들기라도 한다면? 그러지 못하도록 단도리를 해 둬야 하나? 골몰하는 중에 원준의 차가 요양병원 주차장에 들어섰다. 차경이 원준을 돌아보며 말했다.

"그냥 입구에 내려주고 가셔도 돼요."

"미리 말하지, 주차증 괜히 끊었잖아."

목소리에 짜증이 가득 배었다. 도령 때문에 원준도 속이 시끄러운 듯했다. 그러고 보니 신당에서부터 표

정이 좋지 않았다. 차경은 곁눈질로 살피며 작게 미
안해요, 라고 말했다. 원준의 기분을 풀어보려고 차
에서 내려 열심히 손도 흔들었다. 번쩍이는 빨간 포
르쉐가 멀어지다가 이내 시야에서 완전히 사라졌다.

　빨간 포르쉐는 지난달에 시어머니가 사준 결혼 선
물이었다. 결혼 선물이라면 보통 둘이 함께 쓸 것을
사주지 않나? 차경은 그 말을 속으로만 뱉었다. 참을
만하니까 참은 거였다. 참기 힘든 건 따로 있었다. 원
준과 단둘이 있을 때면 찾아오는 어색한 공기. 시어
머니는 원준에게 어린 색시한테 홀린 팔불출이라는
표현을 자주 썼는데 그건 사실이 아니었다. 다른 사
람은 몰라도 차경 본인은 확실하게 느낄 수 있었다.
원준이 결혼을 하려는 이유는 차경에게 홀려서가 아
니었다. 엄마에게 지원을 계속 받기 위해서. 더는 결
혼 시장에서 이리저리로 끌려다니고 싶지 않았을 테
니까. 예전에는 원준의 애정을 느꼈던 순간도 있었
다. 그땐 특이하다는 말로 자신을 뭉뚱그리는 원준이
불만이었으나, 이제는 그것조차 노력이었음을 안다.

나름의 방식으로 상대를 이해해 보려 했던 노력이었음을. 이제 원준은 필요한 말만 했고, 그것조차 여의치 않을 때는 입을 닫아버렸다. 둘 사이에는 불편한 침묵만이 길게 이어졌다.

*

할머니는 침대에 식물처럼 누워 있기만 했다. 그게 차경에게는 차라리 나았다. 몇 달 전까지만 해도 차경은 할머니를 보러오기가 힘겨웠다. 속을 꿰뚫듯이 빤히 쏘아보는 할머니의 두 눈을 견뎌낼 수가 없었다. 꼭 뭔가를 알고 그러는 것 같아서 할머니의 눈을 피하며 날씨가 어떻다는 둥 회사가 어떻다는 둥 쓸데없는 소리만 잔뜩 늘어놓았다. 그러는 동안에도 할머니는 차경을 노려보고만 있었다. 저 두 눈을 찔러버려야지, 아무도 안 볼 때 해치워 버려야지, 결심했던 게 한두 번이 아니었다. 하지만 그러지 않기를 잘했다. 차경의 노력 없이도 할머니는 눈을 맞추지 못하게 되었으니까. 대부분의 시간을 눈을 감고 지냈고, 떠 있는 순간에도 딱히 뭔가를 본다는 느낌은 들지 않았다. 지금처럼. 차경은 할머니의 주름진 손등을 매만지며 고마워, 할머니. 고마워. 속으로만 되뇌었다.

원무과에서 대기표를 뽑고 의자에 앉아 기다리는데, 중앙 기둥에 달린 티브이에 눈이 꽂혔다. 고호범이었다. 그새 얼굴에 뭘 했는지 반들반들했다. 여배우들처럼 주사라도 맞은 걸까? 차경은 수분이 다 빠져나간 듯 퀭했던 고호범을 떠올렸다.

작년, 장례식장에서 도희의 상주 자리에 고호범은 그렇게 서 있었다. 원준이 함께 가자고 했을 때 차경은 거절하지 못했다. 친구라는 걸 뻔히 아는데 안 가면 이상하게 생각할 것 같았다. 고호범의 얼굴을 보자마자 차경은 자신의 선택을 바로 후회했다. 오지 말았어야 했다. 고호범이 자신에 대해 뭔가를 알아챌까 두려워 심장이 쿵쾅거렸다. 원준과 함께 영정 사진 앞

225

에 국화를 놓고 돌아서서 고호범과 마주하는 그 시간이 한없이 느리게 흘렀다. 원준은 상가 건물 사고 처리 문제로 고호범을 몇 번 만났다고 했다. 그렇게 안면을 튼 모양인지 상심이 크시겠다, 고인의 명복을 빈다, 라며 친근하게 말을 건넸다. 고호범이 녹음기처럼 와주셔서 감사하다고 말하는 동안 차경은 시선을 최대한 내리깔고 있었다. 빨리 벗어나기를 바라면서. 그런데 원준이 소개해 준답시고 말을 꺼냈다.

"이쪽은 도희 씨 고등학교 친구 성차경입니다."

순간, 고호범이 고개를 들어 차경을 보았다. 차경은 놀라 딸꾹질이 나올 뻔했다. 혀를 입천장에 딱 붙이며 참아보는데 원준이 말을 이었다.

"참 인연이다, 저는 그렇게 생각했거든요."

고호범이 대답 대신 차경을 빤히 쳐다보기만 해서 차경은 거의 숨을 쉴 수가 없었다. 조금 뒤에 고호범이 미간의 주름을 모으며 입을 열었다.

"친구시구나. 처음 뵙겠습니다. 제가 도희 아빱니다."

"아, 네. 안녕하세요."

처음에는 다행이라고 생각했다. 알아봤다면 뭔가를 떠올렸을 수도 있으니까. 아무것도 모르는 채로 넘어갈 수 있어서 다행이라고, 그렇게 생각했다. 하지만 떡과 과일을 앞에 두고 앉아 있었더니 차경은 돌연 섭섭해졌다. 자신은 거의 매일 찾아보는데, 고호범은 기억하지도 못한다는 사실이. 적어도 알아봐주기는 했어야지, 하는 생각과 함께 느닷없이 속에서 불꽃이 튀었다. 눈앞이 어른거리고 어디선가 매캐한 시너 냄새가 나는 듯했다. 차경은 벌떡 일어나서 소리를 지르거나 상을 엎어서라도 고호범의 시선을 잡아끌고 싶었다. 그래야 제 안에서 타오르는 불길이 잡힐 것 같았다. 때때로 치솟는 이 불꽃을, 차경은 어떻게 다스려야 할지 알 수가 없었다. 가끔은 무작정 달렸고 또 가끔은 굳은살이 밴 볼 안쪽을 미친 듯이 씹어댔다.

그런데 이번에는 원준의 도움을 받았다. 두 손을 얼굴에 갖다 대더니 아이처럼 꺼이꺼이 울기 시작한 것이다. 얼굴이 벌게져서는 소매가 젖을 정도로 눈물을 흘렸다. 그곳은 장례식장이었으므로 다른 사람들은 원준을 이상하게 보지 않는 듯했다. 하지만 차경에게는 소리를 지르거나 상을 엎어버리는 것만큼이나 원준의 모습이 괴상하게 느껴졌고 그 덕에 불씨가 사그라들었다.

원무과 대기실의 중앙 기둥에 달린 티브이 속에서 진행자가 고호범에게 사퇴 당시 상황이 어땠는지를 묻고 있었다. 많은 사람들이 고호범을 주목하게 만들었던 바로 그 지역구 선거 사퇴에 대해. 고호범은 대답을 하며 딸이 선택한 죽음이라는 표현을 썼는데, 이에 대해 진행자가 조심스럽게 조금 더 들려달라고 부탁했다. 고호범은 잠시 무언가를 생각하는 듯하더니 입을 열었다.

"화재 사고가 있었어요. 저는 현장에 약간 늦게 도착했는데요, 도착하고서 바로 직감했습니다. 다른 사람은 몰라도 저는 알 수 있었죠."

진행자가 고개를 크게 끄덕이며 다음 말을 이끌어

냈다. 고호범은 딱 보기 좋을 정도로 고개를 기울여 자기 턱을 쓸어내렸다.

"금고가 열려 있었어요. 뭐든 숨기는 걸 좋아하던 애라, 제 앞에서는 한 번도 열어주지 않던 금고였는데, 그때는 훤히 열려 있었죠. 죽을 마음이 없었다면 금고를 열어두지 않았을 겁니다. 경찰에게도 했던 얘기지만요."

그러면서 딸이 어렸을 때 제대로 치료해 주지 못했던 게 가장 큰 후회로 남았다고 덧붙였다. 그 치료라는 건, 맥락상 정신과 치료인 듯했다. 고호범의 이야기를 듣던 차경은 어찌된 일인지 말이 너무 하고 싶어졌다. 목구멍까지 차오른 말을 참을 수가 없어서 옆에 앉은 낯선 남자에게 대뜸 물었다.

"아빠가 지금, 딸이 자살했다고 그러는 거죠?"

남자는 황당하다는 표정으로 차경을 바라보다가, 도움을 구하듯 주변을 두리번거렸다. 차경은 계속해서 말했다.

"아빠가 그렇다니까 그런 거겠죠? 다른 사람은 몰

라도 자기는 아빠라서 안다잖아요."

말이 채 끝나기도 전에 남자는 일어서서 다른 쪽으로 가버렸다. 남겨진 차경은 자신이 왜 이러는지 도무지 알 수가 없었다.

역풍만 죽어라 맞아오던 인생에 처음으로 순풍이 불고 있었다. 모든 상황이 자신을 위한 것처럼 흘러가고 있는데, 대체 왜, 무엇 때문에 이토록 마음이 불편한 걸까? 이유를 뒤적이다 보면 거의 항상 그 끝에는 도희가 있었다. 정확하게는 너는 알아야 한다던 도희의 그 대답. 차경이 도희에게 왜 자신의 성적표와 생기부를 가지고 있었는지, 가게 이름은 왜 612로 지었는지 물었을 때, 도희는 답했다. 알아야지, 너는. 차경은 종종 그 말을 꺼내 가만히 들여다보곤 했다. 대체 도희가 왜 그랬던 건지, 여전히 차경은 알지 못한다. 하지만 그것이 지금 자신이 느끼는 불편함과 이어져 있다는 것만은 확실하게 알 수 있었다. 그리고 그 깨달음에는 왜인지 슬픔이 배어 있어서 차경의 마음을 한없이 가라앉게 했다.

15

퇴근한 차경이 사무실 문을 열고 들어가 보니 원준은 오늘도 F1 게임 중이었다. 차경을 제대로 보지도 않고 곧 이번 판 끝나니까 먼저 올라가 있으라고 했다. 알겠다고 답하며 차경은 공간을 빠르게 스캔했다. 중앙 모니터 CCTV에는 612 숍 자리에 들어온 구두 편집 숍이 보였다. 매니저라는 여자가 꽤 예뻤지. 그래, 그랬지. 생각하며 화면 속 여자를 조금 더 들여다보다가 사무실을 나왔다.

사고 직후 시어머니는 공사가 끝나기 전이라 차라리 다행이라며 건물 외관 대리석을 떼어내고 콘크

리트 패널을 붙였다. 사고의 흔적뿐만 아니라 건물의 나이도 가려졌다. 그 덕에 비어 있던 층이 모두 채워져 월세가 상당한 모양이었다. 차경이 고시원 계약이 만료돼 살 집을 알아보던 차에, 원준이 그 소식을 시어머니에게 전했다. 시어머니는 차경에게 직접 전화를 걸어서 신혼집에 미리 들어와서 지내라고 제안했다. 건물 꼭대기 층을 주거 공간으로 리모델링한 이유가 살림집을 차려주기 위해서였다면서. 원준은 엄마가 너를 가까이 두고 뜯어보려는 것이니 조심하라고 했지만 차경은 전혀 문제라고 생각하지 않았다. 그보다 원준을 바로 곁에 둘 수 있어서 다행이라고 여겼다. 대출을 받기는 부담스러워 월세를 내겠다고 차경이 먼저 말했다. 그 소리를 엄마가 얼마나 좋아했는지 모른다며, 원준은 생각날 때마다 되풀이했다. 그렇게 살림을 합친 게 작년 8월이었으니까 벌써 반년이 지났다. 원준은 도령이 결혼 날짜를 짚어주지 않아 결혼식이 늦어지는 지금 상황에 짜증이 쌓이는 듯했으나 차경은 상관없었다. 결혼이라는 이벤트가 원준처럼 중요하지도 않았다.

*

"밥 먹을 때만이라도 불 좀 켜자. 왜 이렇게 어두운 걸 좋아해?"

원준의 말은 틀렸다. 차경은 어두운 걸 좋아하는 게 아니다. 밝음이 불편할 뿐이다. 하지만 이번에도 속내를 감추며 미안하다고 했다. 주방 등을 켜니 순식간에 빛이 훅 쏟아졌다. 그러자 꼭 어디선가 매캐한 시너 냄새가 나는 듯해서 속이 매스꺼웠다. 정지한 채로 동공이 빛에 반응하기를 기다린 뒤에야 차경은 국을 데우고 반찬을 담을 수 있었다.

그동안 원준은 낮에 소방 기사가 다녀간 이야기를 꺼냈다. 화재가 났을 때는 경황이 없어서 제대로 생각해 보지 못했는데, 이번에 기사의 이야기를 듣다 보니 걸리는 게 있더란다.

"도희 씨가 경보기까지 꺼뒀다는 게 좀 이상하지

233

않아?"

차경은 밥을 푸다 멈췄다. 손이 약하게 떨렸다. 원준이 뭔가 감을 잡고 떠보는 것인지 그냥 호기심이 발동한 것인지 파악할 수가 없었다.

"보통은 그럴 때 감정적이게 되잖아. 어떻게 생각해? 친구니까 알 거 아니야."

최대한 무난한 답을 해내야 한다. 그렇게 생각하며 차경은 머릿속을 뒤졌다. 얼마 지나지 않아, 도희 장례식에서 아이처럼 울던 원준의 얼굴이 떠올랐다. 차경의 입 밖으로 말이 흘러나왔다.

"도희라면 충분히 그럴 수 있어요. 고등학생 때도 워낙 치밀했거든요."

원준은 미간을 모은 채 허공을 바라보고 있었다. 대답이 먹힌다는 판단이 서자, 차경은 밀어붙였다.

"마지막까지 동업자 때문에 힘들어했는데, 알고 보니 도희가 사기를 친 거더라고요. 수법이 치밀해서 저도 놀랐어요."

"도희 씨는 별로 부족한 것도 없어 보이던데, 왜 그

랬을까?"

차경은 드물게 진심을 드러냈다.

"그러게요. 저도 항상 그게 궁금했어요."

저녁 식사 이후로 핸드폰만 들여다보던 원준은 차
경이 잠옷으로 갈아입고 침실로 들어서자 잠깐 나갔
다 오겠다고 했다. 친한 형님이 근처에 오셨다면서.
미소를 유지한 채 배웅하던 차경은 현관 잠기는 소리
가 들리자 곧장 베란다로 갔다. 그러고는 엔티 입사
과제로 만들었던 금고의 다이얼을 돌렸다. 다이얼을
실제 부품으로 교체했더니 여느 금고처럼 잠그고 열
수 있게 되었다. 원준이 금고를 버리지 않고 쌓아둔
쓰레기쯤으로 여긴다는 사실이 차경에게는 다행이
었다.

짤깍, 소리와 함께 문이 열렸다. 내부 위 칸에는 도
희의 금고에 있던 차경의 명찰, 원준에게 처음 선물
받았던 팔찌, 도희의 스카프 등이 들어 있었다. 아래
칸에는 아이패드 하나가 덩그러니 자리를 차지했다.

차경은 아이패드를 꺼내 비밀번호를 눌렀다. 분할된 CCTV 화면이 펼쳐졌다. 모두 차경이 직접 설치한 CCTV였다. 원준의 차, 사무실, 본가의 거실, 집 서재 등. 핸드폰과 연동해 두어서 이동할 때는 핸드폰을, 귀가 후에는 아이패드로 CCTV를 확인했다. 카메라의 개수가 많다 뿐 작동 원리는 동일했기 때문에 큰 어려움 없이 설치를 마칠 수 있었다. 누구에게 자랑할 일은 아니지만, 마지막에 설치한 6번 카메라의 위치는 자신도 찾지 못할 정도라 만족감이 컸다.

오늘은 회사에서 회의가 길어져서 소방 기사의 방문을 놓쳐버렸다. 원준이 말해주지 않았더라면 모른 채로 넘어갔을 것이다. 그래선 안 된다. 앞으로는 화장실에 가서라도 시간마다 꼭 체크를 해야겠다. 그렇게 다짐하며 차경은 운전 중인 원준의 얼굴을 키우려고 손가락을 댔다. 순간, 찌릿하는 통증이 느껴졌다. 요 며칠 괜찮더니 또 이런다, 또. 아주 오래된 치통처럼 합곡 혈의 점이 쿡쿡 쑤셔왔다. 차경은 시선을 옮겨 합곡 혈 자리를 보았다. 시커멓게 피딱지가 앉아 있었다.

  도희가 죽은 이후, 시도 때도 없이 점이 쑤셨다. 그
통증은 꼭 이렇게 말하는 것만 같았다. 뭔가 잘못되
었다고, 실패했다고, 어그러졌다고. 처음엔 저항해
보려고 바늘을 찔러 넣었다. 진짜 통증이 느껴지면
사라질까 싶어서. 하지만 온몸의 잔털이 서는 오싹함
후에도 감각은 사라지지 않았다. 송곳과 커터칼로 찌
르고 쑤셔도 마찬가지였다. 감각은 몇 분 이어지다가
끝날 때도 있었지만 며칠씩 가기도 했다. 사람 아주
돌아버리게. 오늘은 그냥 넘어가지 않겠다. 계속 미
뤄왔는데, 더 이상은 안되겠다. 뽑아버리자.
  차경은 눈에 보이는 대로 눈썹 가위와 커터칼, 조
각도 등을 챙겨 깨끗이 씻고 알코올로 한 번 더 헹궈
냈다. 그러고 나서 식탁에 자리를 잡고 앉아 오른손
을 들었다. 왼손으로 커터칼을 잡았다가 조각도로 바
꿔 들었다. 한 번에 제대로 해내는 게 나을 것 같아서.
왼손을 쓰니 각도를 맞추는 게 어색했지만 바들바들

떨면서도 날 끝을 세워 피딱지를 도려냈다. 저도 모르게 입 밖으로 신음이 삐져나왔다. 피딱지가 뜯긴 자리에서 피가 주르륵 흘러내렸다. 제대로 보이지 않아서 휴지로 찍어낸 직후를 노렸다. 분홍색 속살 사이로 시커멓게 웅크린 점이 드러났다. 그 위를 곧장 피가 덮어버렸지만 차경은 정확한 위치를 확인했다. 그런데 이게 뭐지? 눈앞이 어른거리면서 볼이 축축해졌다. 아, 눈물이구나. 뇌의 일부가 두려움에 굴복해 자신을 배신하는 것 같았다. 순식간에 공포가 엄습했다. 이제라도 멈추고 싶었다. 얼마나 더 아플지 떠올리는 것조차 겁이 났다. 눈물은 계속해서 볼을 타고 흘러내렸다. 차경은 눈꺼풀을 지그시 닫으며 자신을 달랬다. 여기서 도망치면 다시 제자리야. 더는 물러설 곳이 없어. 지금이 아니면 안 돼.

결심이 서자 눈을 부릅떴다. 약해지기 전에 서둘러야 했다. 휴지로 합곡 혈 부위를 찍어낸 후 조각도를 들었다. 각도를 잡기가 쉽지 않았다. 누군가 살갗을 들어주기만 하면 될 것 같은데, 혹시 근육이나 신경을 건드릴까 봐 겁이 났다. 숨을 크게 들이마신 후, 단단히 걸어 잠그듯이 호흡을 멈추었다. 그러고는 조각도를 폭 찔러 넣었다. 머리꼭지에서 발끝으로 쫙, 전기가 내리꽂히는 느낌이 들었다. 차경은 가늘게 숨을 내쉬며 조각도를 내리고 눈썹 가위를 들었다. 자신을 속이듯이 빠르게 덜렁거리는 살을 사각, 잘라냈다.

"합체."

꼭 그 소리를 들은 것만 같았다.

작가의 말

저는 마음이 자주 딱딱해지는 편이지만, 좋아하는 사람을 만날 때면 말랑말랑해져서 그 시간을 무척 즐깁니다. 특히나 외할머니와 함께하는 동안에는 꼭 제가 순하고 착한 손녀로 느껴져서 아주 기분이 좋습니다. 외할머니는 제가 이런저런 고민을 늘어놓으면 거침없이 답을 주십니다. 이건 이래야 한다거나, 저건 저래야 한다는 식이죠. 외할머니 이야기를 듣다 보면 눈앞이 환해지면서 절로 고개가 끄덕여지곤 합니다. 여기까지 읽으신 독자분들 중에는 갑자기 외할머니 이야기는 왜 하는 거지? 하고 궁금해진 분도 계실 것 같아요. 실은 주인공의 이름 '성차경'이 저희 외할머니 이름입니다. 이름을 써도 된다는 허락을 받고 소설을 쓰기 시작한 게 팔 년 전, 2017년이었습니다. 외할머니는 본인 이름의 뜻이 다음의 경사를 바라는, 그러니까 다음에는 아들을 낳게 해달라는 이름이라 예쁜 이름이 아니라고 하셨는데 저는 그 이야기를 들으며 다행히도 성질 급한 신이 이번에 경사를 주셨나 보다, 하고 생각했습니다. 저에게는 여러모로 의미 있는 이름입니다.

책이 만들어지고 나면 꼭 외할머니께 드리고 싶었지만, 작년에 돌아가셔서 그럴 수 없게 되었습니다. 책을 엮어내는 동안 외할머니 생각을 자주 했습니다. 작품을 읽고 어떤 말씀을 해주셨을지 궁금하기도 했고요. 소설 속 차경이와 외할머니는 거의 모든 부분이 다르지만, 생에 대한 의지만큼은 똑 닮았다고 생각합니다. 고생이라는 말이 무색할 만큼의 무게를 견디며 아흔한 해를 살아내신 성차경 여사님, 부디 그곳에서는 평온하고 즐거운 일들만 가득하시길 바랍니다. 드시고 싶었던 치킨도 마음껏 드시고요, 만나고 싶었던 얼굴도 모두 만나시고요.

출간을 제의해 주신 신지민 편집자님, 문장을 정성껏 다듬어 주신 김혜영 편집자님을 비롯한 출판사 관계자 분들께 감사드립니다. 초고보다 나은 이야기가 된 것 같아 기쁜 마음입니다.

이 작품의 1부는 문학잡지 《릿터 Littor》 24호에 단편소설로 소개된 바 있습니다. 당시 편집자였던 김화진 작가님께도 감사를 전합니다.

항상 진심으로 조언해 주는 공 친구들과 가족들 덕분에 작업을 계속해 나가고 있습니다. 고마워! 앞으로도 잘 부탁드립니다.

2025년 4월
강진아

진짜를 만들 수가 없어서요

초판 1쇄 인쇄 2025년 5월 8일
초판 1쇄 발행 2025년 5월 19일

지은이 강진아

기획 신지민
책임편집 김혜영
디자인 studio forb
책임마케팅 최혜령, 박지수, 도우리
마케팅 콘텐츠 IP 사업본부
해외사업 한승빈

경영지원 백선희, 권영환, 이기경, 최민선
제작 제이오

펴낸이 서현동
펴낸곳 ㈜오팬하우스
출판등록 2024년 5월 16일 제2024-000141호
주소 서울시 강남구 테헤란로 419, 11층 (삼성동, 강남파이낸스플라자)
이메일 info@ofh.co.kr

ⓒ 강진아 2025
ISBN 979-11-94654-61-2 (03810)

한끼는 ㈜오팬하우스의 출판브랜드입니다.

* 이 책은 저작권법에 따라 보호받는 저작물이므로 무단전재와 무단복제를 금지하며, 이 책 내용의 전부 또는 일부를 이용하려면 반드시 저작권자와 ㈜오팬하우스의 서면동의를 받아야 합니다.
* 책값은 뒤표지에 표시되어 있습니다.
* 잘못된 책은 구입하신 서점에서 바꿔드립니다.